Queremos tanto a Glenda

Diseño de tapa: Mario Blanco

JULIO CORTÁZAR

Queremos tanto a Glenda

EDITORIAL SUDAMERICANA
BUENOS AIRES

Primera edición en Sudamericana
Mayo de 1993

Segunda edición en Sudamericana
Enero de 1995

IMPRESO EN LA ARGENTINA

Humberto I 531, Buenos Aires.
Hecho el depósito que previene la ley 11.723.
ISBN 950-07-0834-5

I

Orientación de los gatos
Queremos tanto a Glenda
Historia con migalas

ORIENTACIÓN DE LOS GATOS

A JUAN SORIANO

Cuando Alana y Osiris me miran no puedo quejarme del menor disimulo, de la menor duplicidad. Me miran de frente, Alana su luz azul y Osiris su rayo verde. También entre ellos se miran así, Alana acariciando el negro lomo de Osiris que alza el hocico del plato de leche y maúlla satisfecho, mujer y gato conociéndose desde planos que se me escapan, que mis caricias no alcanzan a rebasar. Hace tiempo que he renunciado a todo dominio sobre Osiris, somos buenos amigos desde una distancia infranqueable; pero Alana es mi mujer y la distancia entre nosotros es otra, algo que ella no parece sentir pero que se interpone en mi felicidad cuando Alana me mira, cuando me mira de frente igual que Osiris y me sonríe o me habla sin la menor reserva, dándose en cada gesto y cada cosa como se da en el amor, allí donde todo su cuerpo es como sus ojos, una entrega absoluta, una reciprocidad ininterrumpida.

Es extraño, aunque he renunciado a entrar de lleno en el mundo de Osiris, mi amor por Alana no acepta esa llaneza de cosa concluida, de pareja para siempre, de vida sin secretos. Detrás de esos ojos azules hay más, en el fondo de las palabras y los gemidos y los silencios alienta otro reino, respira otra Alana. Nunca se lo he dicho, la quiero demasiado para trizar esta superficie de felicidad por la que ya se han deslizado tantos días, tantos años. A mi manera me obstino en comprender, en descubrir; la observo pero sin espiarla; la sigo pero sin desconfiar; amo una maravillosa estatua mutilada, un texto no terminado, un fragmento de cielo inscrito en la ventana de la vida.

Hubo un tiempo en que la música me pareció el camino que me llevaría de verdad a Alana; mirándola escuchar nuestros discos de Bártok, de Duke Ellington, de Gal Costa, una transparencia paulatina me ahondaba en ella, la música la desnudaba de una manera diferente, la volvía cada vez más Alana porque Alana no podía ser solamente esa mujer que siempre me había mirado de lleno sin ocultarme nada. Contra Alana, más allá de Alana yo la buscaba para amarla mejor; y si al principio la música me dejó entrever otras Alanas, llegó el día en que frente a un grabado de Rembrandt la vi cambiar todavía más, como si un juego de nubes en el cielo alterara bruscamente las luces y las sombras de un paisaje. Sentí que la pintura la llevaba más allá de sí misma para ese único espectador que podía medir la instantánea metamorfosis nunca repetida, la entrevisión de Alana en Alana. Intercesores involuntarios, Keith Jarrett, Beethoven y Aníbal Troilo me habían ayudado a acercarme, pero frente a un cuadro o un grabado Alana se despojaba todavía más de eso que creía ser, por un momento entraba en un mundo imaginario para sin saberlo salir de sí misma, yendo de una pintura a otra, comentándolas o callando, juego de cartas que cada nueva contemplación barajaba para aquel que sigiloso y atento, un poco atrás o llevándola del brazo, veía sucederse las reinas y los ases, los piques y los tréboles, Alana.

¿Qué se podía hacer con Osiris? Darle su leche, dejarlo en su ovillo negro satisfactorio y ronroneante; pero a Alana yo podía traerla a esta galería de cuadros como lo hice ayer, una vez más asistir a un teatro de espejo y de cámaras oscuras, de imágenes tensas en la tela frente a esa otra imagen de alegres jeans y blusa roja que después de aplastar el cigarrillo a la entrada iba de cuadro en cuadro, deteniéndose exactamente a la distancia que su mirada requería, volviéndose a mí de tanto en tanto para comentar o comparar. Jamás hubiera podido descubrir que yo no estaba ahí por los cuadros, que un poco atrás o de lado mi manera de mirar nada tenía que ver con la suya. Jamás se daría cuenta de que su lento y reflexivo paso de cuadro en cuadro la cambiaba hasta obligarme a cerrar los ojos y luchar para no apretarla en los brazos y llevármela al delirio, a una locura de carrera en plena calle. Desenvuelta, liviana en su naturalidad de goce y descubrimiento, sus altos y sus demoras se inscribían en un tiempo diferente del mío, ajeno a la crispada espera de mi sed.

Hasta entonces todo había sido un vago anuncio, Alana en la música, Alana frente a Rembrandt. Pero ahora mi esperanza empezaba a cumplirse casi insoportablemente; desde nuestra llegada Alana se había dado a las pinturas con una atroz inocencia de camaleón, pasando de un estado a otro sin saber que un espectador agazapado acechaba en su actitud, en la inclinación de su cabeza, en el movimiento de sus manos o sus labios el cromatismo interior que la recorría hasta mostrarla otra, allí donde la otra era siempre Alana sumándose a Alana, las cartas agolpándose hasta completar la baraja. A su lado, avanzando poco a poco a lo largo de los muros de la galería, la iba viendo darse a cada pintura, mis ojos multiplicaban un triángulo fulminante que se tendía de ella al cuadro y del cuadro a mí mismo para volver a ella y aprehender el cambio, la aureola diferente que la envolvía un momento para ceder después a una aura nueva, a una tonalidad que la exponía a la verdadera, a la última desnudez. Imposible prever hasta dónde se repetiría esa ósmosis, cuántas nuevas Alanas me llevarían por fin a la síntesis de la que saldríamos los dos colmados, ella sin saberlo y encendiendo un nuevo cigarillo antes de pedirme que la llevara a tomar un trago, yo sabiendo que mi larga búsqueda había llegado a puerto y que mi amor abarcaría desde ahora lo visible y lo invisible, aceptaría la limpia mirada de Alana sin incertidumbres de puertas cerradas, de pasajes vedados.

Frente a una barca solitaria y un primer plano de rocas negras, la vi quedarse inmóvil largo tiempo; un imperceptible ondular de las manos la hacía como nadar en el aire, buscar el mar abierto, una fuga de horizontes. Ya no podía extrañarme que esa otra pintura donde una reja de agudas puntas vedaba el acceso a los árboles linderos la hiciera retroceder como buscando un punto de mira, de golpe era la repulsa, el rechazo de un límite inaceptable. Pájaros, monstruos marinos, ventanas dándose al silencio o dejando entrar un simulacro de la muerte, cada nueva pintura arrasaba a Alana despojándola de su color anterior, arrancando de ella las modulaciones de la libertad, del vuelo, de los grandes espacios, afirmando su negativa frente a la noche y a la nada, su ansiedad solar, su casi terrible impulso de ave fénix. Me quedé atrás sabiendo que no me sería posible soportar su mirada, su sorpresa interrogativa cuando viera en mi cara el deslumbramiento de la confirmación, porque eso era también yo, eso era mi proyecto Alana, mi vida Alana, eso había sido deseado por mí y refrenado por un presente de ciudad y parsimonia, eso ahora al fin Alana, al fin Alana y yo desde ahora, desde ya mismo. Hubiera querido tenerla desnuda en los brazos, amarla de tal manera que todo quedara claro, todo quedara dicho para siempre entre nosotros, y que de esa interminable noche de amor, nosotros que ya conocíamos tantas, naciera la primera alborada de la vida.

Llegábamos al final de la galería, me acerqué a la puerta de salida ocultando todavía la cara, esperando que el aire y las luces de la calle me volvieran a lo que Alana conocía de mí. La vi detenerse ante un cuadro que otros visitantes me habían ocultado, quedarse largamente inmóvil mirando la pintura de una ventana y un gato. Una última transformación hizo de ella una lenta estatua nítidamente separada de los demás, de mí que me acercaba indeciso buscándole los ojos perdidos en la tela. Vi que el gato era idéntico a Osiris y que miraba a lo lejos algo que el muro de la ventana no nos dejaba ver. Inmóvil en su contemplación, parecía menos inmóvil que la inmovilidad de Alana. De alguna manera sentí que el triángulo se había roto, cuando Alana volvía hacia mí la cabeza el triángulo ya no existía, ella había ido al cuadro pero no estaba de vuelta, seguía del lado del gato mirando más allá de la ventana donde nadie podía ver lo que ellos veían, lo que solamente Alana y Osiris veían cada vez que me miraban de frente.

QUEREMOS TANTO A GLENDA

En aquel entonces era difícil saberlo. Uno va al cine o al teatro y vive su noche sin pensar en los que ya han cumplido la misma ceremonia, eligiendo el lugar y la hora, vistiéndose y telefoneando y fila once o cinco, la sombra y la música, la tierra de nadie y de todos allí donde todos son nadie, el hombre o la mujer en su butaca, acaso una palabra para excusarse por llegar tarde, un comentario a media voz que alguien recoge o ignora, casi siempre el silencio, las miradas vertiéndose en la escena o la pantalla, huyendo de lo contiguo, de lo de este lado. Realmente era difícil saber por encima de la publicidad, de las colas interminables, de los carteles y las críticas, que éramos tantos los que queríamos a Glenda.

Llevó tres o cuatro años y sería aventurado afirmar que el núcleo se formó a partir de Irazusta o de Diana Rivero, ellos mismos ignoraban cómo en algún momento, en las copas con los amigos después del cine, se dijeron o se callaron cosas que bruscamente habrían de crear la alianza, lo que después todos llamamos el núcleo y los más jóvenes el club. De club no tenía nada, simplemente queríamos a Glenda Garson y eso bastaba para recortarnos de los que solamente la admiraban. Al igual que ellos también nosotros admirábamos a Glenda y además a Anouk, a Marilina, a Annie, a Silvana y por qué no a Marcello, a Yves, a Vittorio y a Dirk, pero solamente nosotros queríamos tanto a Glenda, y el núcleo se definió por eso y desde eso, era algo que sólo nosotros sabíamos y confiábamos a aquellos que a lo largo de las charlas habían ido mostrando poco a poco que también querían a Glenda.

A partir de Diana o Irazusta el núcleo se fue dilatando lentamente, el año de *El fuego de la nieve* debíamos ser apenas seis o siete, cuando estrenaron *El uso de la elegancia* el núcleo se amplió y sentimos que crecía casi insoportablemente y que estábamos amenazados de imitación snob o de sentimentalismo estacional. Los primeros, Irazusta y Diana y dos o tres más decidimos cerrar filas, no admitir sin pruebas, sin el examen disimulado por los whiskys y los alardes de erudición (tan de Buenos Aires, tan de Londres y de México esos exámenes de medianoche). A la hora del estreno de *Los frágiles retornos* nos fue preciso admitir, melancólicamente triunfantes, que éramos muchos los que queríamos a Glenda. Los reencuentros en los cines, las miradas a la salida, ese aire como perdido de las mujeres y el dolido silencio de los hombres nos mostraban mejor que una insignia o un santo y seña. Mecánicas no investigables nos llevaron a un mismo café del centro, las mesas aisladas empezaron a acercarse, hubo la grácil costumbre de pedir el mismo cóctel para dejar de lado toda escaramuza inútil y mirarnos por fin en los ojos, allí donde todavía alentaba la última imagen de Glenda en la última escena de la última película.

Veinte, acaso treinta, nunca supimos cuántos llegamos a ser porque a veces Glenda duraba meses en una sala o estaba al mismo tiempo en dos o cuatro, y hubo además ese momento excepcional en que apareció en escena para representar a la joven asesina de *Los delirantes* y su éxito rompió los diques y creó entusiasmos momentáneos que jamás aceptamos. Ya para entonces nos conocíamos, muchos nos visitábamos para hablar de Glenda. Desde un principio Irazusta parecía ejercer un mandato tácito que nunca había reclamado, y Diana Rivero jugaba su lento ajedrez de confirmaciones y rechazos que nos aseguraba una autenticidad total sin riesgos de infiltrados o de tilingos. Lo que había empezado como asociación libre alcanzaba ahora una estructura de clan, y a las livianas interrogaciones del principio se sucedían las preguntas concretas, la secuencia del tropezón en *El uso de la elegancia*, la réplica final de *El fuego de la nieve*, la segunda escena erótica de *Los frágiles retornos*. Queríamos tanto a Glenda que no podíamos tolerar a los advenedizos, a las tumultuosas lesbianas, a los eruditos de la estética. Incluso (nunca sabremos cómo) se dio por sentado que iríamos al café los viernes cuando en el centro pasaran una película de Glenda, y que en los reestrenos en cines de barrio dejaríamos correr una semana antes de reunirnos, para darles a todos el tiempo necesario; como en un reglamento riguroso, las obligaciones se definían sin equívoco, no acatarlas hubiera sido provocar la sonrisa despectiva de Irazusta o esa mirada amablemente horrible con que Diana Rivero denunciaba la traición y el castigo.

En ese entonces las reuniones eran solamente Glenda, su deslumbrante ubicuidad en cada uno de nosotros, y no sabíamos de discrepancias o reparos. Sólo poco a poco, al principio con un sentimiento de culpa, algunos se atrevieron a deslizar críticas parciales, el desconcierto o la decepción frente a una secuencia menos feliz, las caídas en lo convencional o lo previsible. Sabíamos que Glenda no era responsable de los desfallecimientos que enturbiaban por momentos la espléndida cristalería de *El látigo* o el final de *Nunca se sabe por qué*. Conocíamos otros trabajos de sus directores, el origen de las tramas y los guiones, con ellos éramos implacables porque empezábamos a sentir que nuestro cariño por Glenda iba más allá del mero territorio artístico y que sólo ella se salvaba de lo que imperfectamente hacían los demás. Diana fue la primera en hablar de misión, lo hizo con su manera tangencial de no afirmar lo que de veras contaba para ella, y le vimos una alegría de whisky doble, de sonrisa saciada, cuando admitimos llanamente que era cierto, que no podíamos quedarnos solamente en eso, el cine y el café y quererla tanto a Glenda.

Tampoco entonces se dijeron palabras claras, no nos eran necesarias. Sólo contaba la felicidad de Glenda en cada uno de nosotros, y esa felicidad sólo podía venir de la perfección. De golpe los errores, las carencias se nos volvieron insoportables; no podíamos aceptar que *Nunca se sabe por qué* terminara así, o que *El fuego de la nieve* incluyera la infame secuencia de la partida de póker (en la que Glenda no actuaba pero que de alguna manera la manchaba como un vómito, ese gesto de Nancy Phillips y la llegada inadmisible del hijo arrepentido). Como casi siempre, a Irazusta le tocó definir por lo claro la misión que nos esperaba, y esa noche volvimos a nuestras casas como aplastados por la responsabilidad que acabábamos de reconocer y asumir, y a la vez entreviendo la felicidad de un futuro sin tacha, de Glenda sin torpezas ni traiciones.

Instintivamente el núcleo cerró filas, la tarea no admitía una pluralidad borrosa. Irazusta habló del laboratorio cuando ya estaba instalado en una quinta de Recife de Lobos. Dividimos ecuánimemente las tareas entre los que deberían procurarse la totalidad de las copias de *Los frágiles retornos*, elegida por su relativamente escasa imperfección. A nadie se le hubiera ocurrido plantearse problemas de dinero, Irazusta había sido socio de Howard Hughes en el negocio de las minas de estaño de Pichincha, un mecanismo extremadamente simple nos ponía en las manos el poder necesario, los jets y las alianzas y las coimas. Ni siquiera tuvimos una oficina, la computadora de Hagar Loss programó las tareas y las etapas. Dos meses después de la frase de Diana Rivero el laboratorio estuvo en condiciones de sustituir en *Los frágiles retornos* la secuencia ineficaz de los pájaros por otra que devolvía a Glenda el ritmo perfecto y el exacto sentido de su acción dramática. La película tenía ya algunos años y su reposición en los circuitos internacionales no provocó la menor sorpresa; la memoria juega con sus depositarios y les hace aceptar sus propias permutaciones y variantes, quizá la misma Glenda no hubiera percibido el cambio y sí, porque eso lo percibimos todos, la maravilla de una perfecta coincidencia con un recuerdo lavado de escorias, exactamente idéntico al deseo.

La misión se cumplía sin sosiego, apenas asegurada la eficacia del laboratorio completamos el rescate de *El fuego de la nieve* y *El prisma*; las otras películas entraron en proceso con el ritmo exactamente previsto por el personal de Hagar Loss y del laboratorio. Tuvimos problemas con *El uso de la elegancia*, porque gente de los emiratos petroleros guardaba copias para su goce personal y fueron necesarias maniobras y concursos excepcionales para robarlas (no tenemos por qué usar otra palabra) y sustituirlas sin que los usuarios lo advirtieran. El laboratorio trabajaba en un nivel de perfección que en un comienzo nos había parecido inalcanzable aunque no nos atreviéramos a decírselo a Irazusta; curiosamente la más dubitativa había sido Diana, pero cuando Irazusta nos mostró *Nunca se sabe por qué* y vimos el verdadero final, vimos a Glenda que en lugar de volver a la casa de Romano enfilaba su auto hacia el farallón y nos destrozaba con su espléndida, necesaria caída en el torrente, supimos que la perfección podía ser de este mundo y que ahora era de Glenda para siempre, de Glenda para nosotros para siempre.

Lo más difícil estaba desde luego en decidir los cambios, los cortes, las modificaciones de montaje y de ritmo, nuestras distintas maneras de sentir a Glenda provocaban duros enfrentamientos que sólo se aplacaban después de largos análisis y en algunos casos por imposición de una mayoría en el núcleo. Pero aunque algunos, derrotados, asistiéramos a la nueva versión con la amargura de que no se adecuara del todo a nuestros sueños, creo que a nadie le decepcionó el trabajo realizado, queríamos tanto a Glenda que los resultados eran siempre justificables, muchas veces más allá de lo previsto. Incluso hubo pocas alarmas, la carta de un lector del infaltable *Times* asombrándose de que tres secuencias de *El fuego de la nieve* se dieran en un orden que creía recordar diferente, y también un artículo del crítico de *La Opinión* que protestaba por un supuesto corte en *El prisma*, imaginándose razones de mojigatería burocrática. En todos los casos se tomaron rápidas disposiciones para evitar posibles secuelas; no costó mucho, la gente es frívola y olvida o acepta o está a la caza de lo nuevo, el mundo del cine es fugitivo como la actualidad histórica, salvo para los que queremos tanto a Glenda.

Más peligrosas en el fondo eran las polémicas en el núcleo, el riesgo de un cisma o de una diáspora. Aunque nos sentíamos más que nunca unidos por la misión, hubo alguna noche en que se alzaron voces analíticas contagiadas de filosofía política, que en pleno trabajo se planteaban problemas morales, se preguntaban si no estaríamos entregándonos a una galería de espejos onanistas, a esculpir insensatamente una locura barroca en un colmillo de marfil o en un grano de arroz. No era fácil darles la espalda porque el núcleo sólo había podido cumplir la obra como un corazón o un avión cumplen la suya, ritmando una coherencia perfecta. No era fácil escuchar una crítica que nos acusaba de escapismo, que sospechaba un derroche de fuerzas desviadas de una realidad más apremiante, más necesitada de concurso en los tiempos que vivíamos. Y sin embargo no fue necesario aplastar secamente una herejía apenas esbozada, incluso sus protagonistas se limitaban a un reparo parcial, ellos y nosotros queríamos tanto a Glenda que por encima y más allá de las discrepancias éticas o históricas imperaba el sentimiento que siempre nos uniría, la certidumbre de que el perfeccionamiento de Glenda nos perfeccionaba y perfeccionaba el mundo. Tuvimos incluso la espléndida recompensa de que uno de los filósofos restableciera el equilibrio después de superar ese período de escrúpulos inanes; de su boca escuchamos que toda obra parcial es también historia, que algo tan inmenso como la invención de la imprenta había nacido del más individual y parcelado de los deseos, el de repetir y perpetuar un nombre de mujer.

Llegamos así al día en que tuvimos las pruebas de que la imagen de Glenda se proyectaba ahora sin la más leve flaqueza; las pantallas del mundo la vertían tal como ella misma —estábamos seguros— hubiera querido ser vertida, y quizá por eso no nos asombró demasiado enterarnos por la prensa de que acababa de anunciar su retiro del cine y del teatro. La involuntaria, maravillosa contribución de Glenda a nuestra obra no podía ser coincidencia ni milagro, simplemente algo en ella había acatado sin saberlo nuestro anónimo cariño, del fondo de su ser venía la única respuesta que podía darnos, el acto de amor que nos abarcaba en una entrega última, ésa que los profanos sólo entenderían como ausencia. Vivimos la felicidad del séptimo día, del descanso después de la creación; ahora podíamos ver cada obra de Glenda sin la agazapada amenaza de un mañana nuevamente plagado de errores y torpezas; ahora nos reuníamos con una liviandad de ángeles o de pájaros, en un presente absoluto que acaso se parecía a la eternidad.

Sí, pero un poeta había dicho bajo los mismos cielos de Glenda que la eternidad está enamorada de las obras del tiempo, y le tocó a Diana saberlo y darnos la noticia un año más tarde. Usual y humano: Glenda anunciaba su retorno a la pantalla, las razones de siempre, la frustración del profesional con las manos vacías, un personaje a la medida, un rodaje inminente. Nadie olvidaría esa noche en el café, justamente después de haber visto *El uso de la elegancia* que volvía a las salas del centro. Casi no fue necesario que Irazusta dijera lo que todos vivíamos como una amarga saliva de injusticia y rebeldía. Queríamos tanto a Glenda que nuestro desánimo no la alcanzaba, qué culpa tenía ella de ser actriz y de ser Glenda, el horror estaba en la máquina rota, en la realidad de cifras y prestigios y Óscares entrando como una fisura solapada en la esfera de nuestro cielo tan duramente ganado. Cuando Diana apoyó la mano en el brazo de Irazusta y dijo: «Sí, es lo único que queda por hacer», hablaba por todos sin necesidad de consultarnos. Nunca el núcleo tuvo una fuerza tan terrible, nunca necesitó menos palabras para ponerla en marcha. Nos separamos deshechos, viviendo ya lo que habría de ocurrir en una fecha que sólo uno de nosotros conocería por adelantado. Estábamos seguros de no volver a encontrarnos en el café, de que cada uno escondería desde ahora la solitaria perfección de nuestro reino. Sabíamos que Irazusta iba a hacer lo necesario, nada más simple para alguien como él. Ni siquiera nos despedimos como de costumbre, con la liviana seguridad de volver a encontrarnos después del cine, alguna noche de *Los frágiles retornos* o de *El látigo*. Fue más bien un darse la espalda, pretextar que era tarde, que había que irse; salimos separados, cada uno llevándose su deseo de olvidar hasta que todo estuviera consumado, y sabiendo que no sería así, que aún nos faltaría abrir alguna mañana el diario y leer la noticia, las estúpidas frases de la consternación profesional. Nunca hablaríamos de eso con nadie, nos evitaríamos cortésmente en las salas y en la calle; sería la única manera de que el núcleo conservara su fidelidad, que guardara en el silencio la obra cumplida. Queríamos tanto a Glenda que le ofreceríamos una última perfección inviolable. En la altura intangible donde la habíamos exaltado, la preservaríamos de la caída, sus fieles podrían seguir adorándola sin mengua; no se baja vivo de una cruz.

HISTORIA CON MIGALAS

Llegamos a las dos de la tarde al bungalow y media hora después, fiel a la cita telefónica, el joven gerente se presenta con las llaves, pone en marcha la heladera y nos muestra el funcionamiento del calefón y del aire acondicionado. Está entendido que nos quedaremos diez días, que pagamos por adelantado. Abrimos las valijas y sacamos lo necesario para la playa; ya nos instalaremos al caer la tarde, la vista del Caribe cabrilleando al pie de la colina es demasiado tentadora. Bajamos el sendero escarpado, incluso descubrimos un atajo entre matorrales que nos hace ganar camino; hay apenas cien metros entre los bungalows de la colina y el mar.

Anoche, mientras guardábamos la ropa y ordenábamos las provisiones compradas en Saint-Pierre, oímos las voces de quienes ocupan la otra ala del bungalow. Hablan muy bajo, no son las voces martiniquesas llenas de color y de risas. De cuando en cuando algunas palabras más distintas: inglés estadounidense, turistas sin duda. La primera impresión es de desagrado, no sabemos por qué esperábamos una soledad total aunque habíamos visto que cada bungalow (hay cuatro entre macizos de flores, bananos y cocoteros) es doble. Tal vez porque cuando los vimos por primera vez después de complicadas pesquisas telefónicas desde el hotel de Diamant, nos pareció que todo estaba vacío y a la vez extrañamente habitado. La cabaña del restaurante, por ejemplo, treinta metros más abajo: abandonada pero con algunas botellas en el bar, vasos y cubiertos. Y en uno o dos de los bungalows a través de las persianas se entreveían toallas, frascos de lociones o de shampoo en los cuartos de baño. El joven gerente nos abrió uno enteramente vacío, y a una pregunta vaga contestó no menos vagamente que el administrador se había ido y que él se ocupaba de los bungalows por amistad hacia el propietario. Mejor así, por supuesto, ya que buscábamos soledad y playa; pero desde luego otros han pensado de la misma manera y dos voces femeninas y norteamericanas murmuran en el ala contigua del bungalow. Tabiques como de papel pero todo tan cómodo, tan bien instalado. Dormimos interminablemente, cosa rara. Y si algo nos hacía falta ahora era eso.

Amistades: una gata mansa y pedigüeña, otra negra más salvaje pero igualmente hambrienta. Los pájaros aquí vienen casi a las manos y las lagartijas verdes se suben a las mesas a la caza de moscas. De lejos nos rodea una guirnalda de balidos de cabra, cinco vacas y un ternero pastan en lo más alto de la colina y mugen adecuadamente. Oímos también a los perros de las cabañas en el fondo del valle; las dos gatas se sumarán esta noche al concierto, es seguro.

La playa, un desierto para criterios europeos. Unos pocos muchachos nadan y juegan, cuerpos negros o canela danzan en la arena. A lo lejos una familia —metropolitanos o alemanes, tristemente blancos y rubios— organiza toallas, aceites bronceadores y bolsones. Dejamos irse las horas en el agua o la arena, incapaces de otra cosa, prolongando los rituales de las cremas y los cigarrillos. Todavía no sentimos montar los recuerdos, esa necesidad de inventariar el pasado que crece con la soledad y el hastío. Es precisamente lo contrario: bloquear toda referencia a las semanas precedentes, los encuentros en Delft, la noche en la granja de Erik. Si eso vuelve lo ahuyentamos como a una bocanada de humo, el leve movimiento de la mano que aclara nuevamente el aire.

Dos muchachas bajan por el sendero de la colina y eligen un sector distante, sombra de cocoteros. Deducimos que son nuestras vecinas de bungalow, les imaginamos secretariados o escuelas de párvulos en Detroit, en Nebraska. Las vemos entrar juntas al mar, alejarse deportivamente, volver despacio, saboreando el agua cálida y transparente, belleza que se vuelve puro tópico cuando se la describe, eterna cuestión de las tarjetas postales. Hay dos veleros en el horizonte, de Saint-Pierre sale una lancha con una esquiadora náutica que meritoriamente se repone de cada caída, que son muchas.

Al anochecer —hemos vuelto a la playa después de la siesta, el día declina entre grandes nubes blancas— nos decimos que esta navidad responderá perfectamente a nuestro deseo: soledad, seguridad de que nadie conoce nuestro paradero, estar a salvo de posibles dificultades y a la vez de las estúpidas reuniones de fin de año y de los recuerdos condicionados, agradable libertad de abrir un par de latas de conserva y preparar un punch de ron blanco, jarabe de azúcar de caña y limones verdes. Cenamos en la veranda, separada por un tabique de bambúes de la terraza simétrica donde, ya tarde, escuchamos de nuevo las voces apenas murmurantes. Somos una maravilla recíproca como vecinos, nos respetamos de una manera casi exagerada. Si las muchachas de la playa son realmente las ocupantes del bungalow, acaso están preguntándose si las dos personas que han visto en la arena son las que viven en la otra ala. La civilización tiene sus ventajas, lo reconocemos entre dos tragos: ni gritos, ni transistores, ni tarareos baratos. Ah, que se queden ahí los diez días en vez de ser reemplazadas por matrimonio con niños. Cristo acaba de nacer de nuevo; por nuestra parte podemos dormir.

Levantarse con el sol, jugo de guayaba y café en tazones. La noche ha sido larga, con ráfagas de lluvia confesadamente tropical, bruscos diluvios que se cortan bruscamente arrepentidos. Los perros ladraron desde todos los cuadrantes, aunque no había luna; ranas y pájaros, ruidos que el oído ciudadano no alcanza a definir pero que acaso explican los sueños que ahora recordamos con los primeros cigarrillos. *Aegri somnia.* ¿De dónde viene la referencia? Charles Nodier, o Nerval, a veces no podemos resistir a ese pasado de bibliotecas que otras vocaciones borraron casi. Nos contamos los sueños donde larvas, amenazas inciertas, y no bienvenidas pero previsibles exhumaciones tejen sus telarañas o nos las hacen tejer. Nada sorprendente después de Delft (pero hemos decidido no evocar los recuerdos inmediatos, ya habrá tiempo como siempre. Curiosamente no nos afecta pensar en Michael, en el pozo de la granja de Erik, cosas ya clausuradas; casi nunca hablamos de ellas o de las precedentes aunque sabemos que pueden volver a la palabra sin hacernos daño, al fin y al cabo el placer y la delicia vinieron de ellas, y la noche de la granja valió el precio que estamos pagando, pero a la vez sentimos que todo eso está demasiado próximo todavía, los detalles, Michael desnudo bajo la luna, cosas que quisiéramos evitar fuera de los inevitables sueños; mejor este bloque, entonces, *other voices, other rooms:* la literatura y los aviones, qué espléndidas drogas).

El mar de las nueve de la mañana se lleva las últimas babas de la noche, el sol y la sal y la arena bañan la piel con un caliente tacto. Cuando vemos a las muchachas bajando por el sendero nos acordamos al mismo tiempo, nos miramos. Sólo habíamos hecho un comentario casi al borde del sueño en la alta noche: en algún momento las voces del otro lado del bungalow habían pasado del susurro a algunas frases claramente audibles aunque su sentido se nos escapara. Pero no era el sentido el que nos atrajo en ese cambio de palabras que cesó casi de inmediato para retornar al monótono, discreto murmullo, sino que una de las voces era una voz de hombre.

A la hora de la siesta nos llega otra vez el apagado rumor del diálogo en la otra veranda. Sin saber por qué nos obstinamos en hacer coincidir las dos muchachas de la playa con las voces del bungalow, y ahora que nada hace pensar en un hombre cerca de ellas, el recuerdo de la noche pasada se desdibuja para sumarse a los otros rumores que nos han desasosegado, los perros, las bruscas ráfagas de viento y de lluvia, los crujidos en el techo. Gente de ciudad, gente fácilmente impresionable fuera de los ruidos propios, las lluvias bien educadas.

Además, ¿qué nos importa lo que pasa en el bungalow de al lado? Si estamos aquí es porque necesitábamos distanciarnos de lo otro, de los otros. Desde luego no es fácil renunciar a costumbres, a reflejos condicionados; sin decírnoslo, prestamos atención a lo que apagadamente se filtra por el tabique, al diálogo que imaginamos plácido y anodino, ronroneo de pura rutina. Imposible reconocer palabras, incluso voces, tan semejantes en su registro que por momentos se pensaría en un monólogo apenas entrecortado. También así han de escucharnos ellas, pero desde luego no nos escuchan; para eso deberían callarse, para eso deberían estar aquí por razones parecidas a las nuestras, agazapadamente vigilantes como la gata negra que acecha a un lagarto en la veranda. Pero no les interesamos para nada: mejor para ellas. Las dos voces se alternan, cesan, recomienzan. Y no hay ninguna voz de hombre, aun hablando tan bajo la reconoceríamos.

Como siempre en el trópico la noche cae bruscamente, el bungalow está mal iluminado pero no nos importa; casi no cocinamos, lo único caliente es el café. No tenemos nada que decirnos y tal vez por eso nos distrae escuchar el murmullo de las muchachas, sin admitirlo abiertamente estamos al acecho de la voz del hombre aunque sabemos que ningún auto ha subido a la colina y que los otros bungalows siguen vacíos. Nos mecemos en las mecedoras y fumamos en la oscuridad; no hay mosquitos, los murmullos vienen desde agujeros de silencio, callan, regresan. Si ellas pudieran imaginarnos no les gustaría; no es que las espiemos pero ellas seguramente nos verían como dos migalas en la oscuridad. Al fin y al cabo no nos desagrada que la otra ala del bungalow esté ocupada. Buscábamos la soledad pero ahora pensamos en lo que sería la noche aquí si realmente no hubiera nadie en el otro lado, imposible negarnos que la granja, que Michael están todavía tan cerca. Tener que mirarse, hablar, sacar una vez más la baraja o los dados. Mejor así, en las sillas de hamaca, escuchando los murmullos un poco gatunos hasta la hora de dormir.

Hasta la hora de dormir, pero aquí las noches no nos traen lo que esperábamos, tierra de nadie en la que por fin —o por un tiempo, no hay que pretender más de lo posible— estaríamos a cubierto de todo lo que empieza más allá de las ventanas. Tampoco en nuestro caso la tontería es el punto fuerte; nunca hemos llegado a un destino sin prever el próximo o los próximos. A veces parecería que jugamos a acorralarnos como ahora en una isla insignificante donde cualquiera es fácilmente ubicable; pero eso forma parte de un ajedrez infinitamente más complejo en el que el modesto movimiento de un peón oculta jugadas mayores. La célebre historia de la carta robada es objetivamente absurda. Objetivamente; por debajo corre la verdad, y los portorriqueños que durante años cultivaron marihuana en sus balcones neoyorkinos o en pleno Central Park sabían más de eso que muchos policías. En todo caso controlamos las posibilidades inmediatas, barcos y aviones: Venezuela y Trinidad están a un paso, dos opciones que resbalan sin problemas en los aeropuertos. Esta colina inocente, este bungalow para turistas pequeñoburgueses: hermosos dados cargados que siempre hemos sabido utilizar en su momento. Delft está muy lejos, la granja de Erik empieza a retroceder en la memoria, a borrarse como también se irán borrando el pozo y Michael huyendo bajo la luna, Michael tan blanco y desnudo bajo la luna.

Los perros aullaron de nuevo intermitentemente, desde alguna de las cabañas de la hondonada llegaron los gritos de una mujer bruscamente acallados en su punto más alto, el silencio contiguo dejó pasar un murmullo de confusa alarma en un semisueño de turistas demasiado fatigadas y ajenas para interesarse de veras por lo que las rodeaba. Nos quedamos escuchando, lejos del sueño. Al fin y al cabo para qué dormir si después sería el estruendo de un chaparrón en el techo o el amor lancinante de los gatos, los preludios a las pesadillas, el alba en que por fin las cabezas se aplastan en las almohadas y ya nada las invade hasta que el sol trepa a las palmeras y hay que volver a vivir.

En la playa, después de nadar largamente mar afuera, nos preguntamos otra vez por el abandono de los bungalows. La cabaña del restaurante con sus vasos y botellas obliga al recuerdo del misterio de la *Mary Celeste* (tan sabido y leído, pero esa obsesionante recurrencia de lo inexplicado, los marinos abordando el barco a la deriva con todas las velas desplegadas y nadie a bordo, las cenizas aún tibias en los fogones de la cocina, las cabinas sin huellas de motín o de peste. ¿Un suicidio colectivo? Nos miramos irónicamente, no es una idea que pueda abrirse paso en nuestra manera de ver las cosas. No estaríamos aquí si alguna vez la hubiéramos aceptado).

Las muchachas bajan tarde a la playa, se doran largamente antes de nadar. También allí, lo notamos sin comentarios, se hablan en voz baja, y si estuviéramos más cerca nos llegaría el mismo murmullo confidencial, el temor bien educado de interferir en la vida de los demás. Si en algún momento se acercaran para pedir fuego, para saber la hora... Pero el tabique de bambúes parece prolongarse hasta la playa; sabemos que no nos molestarán.

La siesta es larga, no tenemos ganas de volver al mar y ellas tampoco, las oímos hablar en la habitación y después en la veranda. Solas, desde luego. ¿Pero por qué desde luego? La noche puede ser diferente y la esperamos sin decirlo, ocupándonos de nada, demorándonos en mecedoras y cigarrillos y tragos, dejando apenas una luz en la veranda; las persianas del salón la filtran en finas láminas que no alejan la sombra del aire, el silencio de la espera. No esperamos nada, desde luego. ¿Por qué desde luego, por qué mentirnos si lo único que hacemos es esperar, como en Delft, como en tantas otras partes? Se puede esperar la nada o un murmullo desde el otro lado del tabique, un cambio en las voces. Más tarde se oirá un crujido de cama, empezará el silencio lleno de perros, de follajes movidos por las ráfagas. No va a llover esta noche.

Se van, a las ocho de la mañana llega un taxi a buscarlas, el chofer negro ríe y bromea bajándoles las valijas, los sacos de playa, grandes sombreros de paja, raquetas de tenis. Desde la veranda se ve el sendero, el taxi blanco; ellas no pueden distinguirnos entre las plantas, ni siquiera miran en nuestra dirección.

La playa está poblada de chicos de pescadores que juegan a la pelota antes de bañarse, pero hoy nos parece aún más vacía ahora que ellas no volverán a bajar. De regreso damos un rodeo sin pensarlo, en todo caso sin decidirlo expresamente, y pasamos frente a la otra ala del bungalow que siempre habíamos evitado. Ahora todo está realmente abandonado salvo nuestra ala. Probamos la puerta, se abre sin ruido, las muchachas han dejado la llave puesta por dentro, sin duda de acuerdo con el gerente que vendrá o no vendrá más tarde a limpiar el bungalow. Ya no nos sorprende que las cosas queden expuestas al capricho de cualquiera, como los vasos y los cubiertos del restaurante; vemos sábanas arrugadas, toallas húmedas, frascos vacíos, insecticidas, botellas de coca-cola y vasos, revistas en inglés, pastillas de jabón. Todo está tan solo, tan dejado. Huele a colonia, un olor joven. Dormían ahí, en la gran cama de sábanas con flores amarillas. Las dos. Y se hablaban, se hablaban antes de dormir. Se hablaban tanto antes de dormir.

La siesta es pesada, interminable porque no tenemos ganas de ir a la playa hasta que el sol esté bajo. Haciendo café o lavando los platos nos sorprendemos en el mismo gesto de atender, el oído tenso hacia el tabique. Deberíamos reírnos pero no. Ahora no, ahora que por fin y realmente es la soledad tan buscada y necesaria, ahora no nos reímos.

Preparar la cena lleva tiempo, complicamos a propósito las cosas más simples para que todo dure y la noche se cierre sobre la colina antes de que hayamos terminado de cenar. De cuando en cuando volvemos a descubrirnos mirando hacia el tabique, esperando lo que ya está tan lejos, un murmullo que ahora continuará en un avión o una cabina de barco. El gerente no ha venido, sabemos que el bungalow está abierto y vacío, que huele todavía a colonia y a piel joven. Bruscamente hace más calor, el silencio lo acentúa o la digestión o el hastío porque seguimos sin movernos de las mecedoras, apenas hamacándonos en la oscuridad, fumando y esperando. No lo confesaremos, por supuesto, pero sabemos que estamos esperando. Los sonidos de la noche crecen poco a poco, fieles al ritmo de las cosas y los astros; como si los mismos pájaros y las mismas ranas de anoche hubieran tomado posición y comenzado su canto en el mismo momento. También el coro de perros (*un horizonte de perros,* imposible no recordar el poema) y en la maleza el amor de las gatas que lacera el aire. Sólo falta el murmullo de las dos voces en el bungalow de al lado, y eso sí es silencio, el silencio. Todo lo demás resbala en los oídos que absurdamente se concentran en el tabique como esperando. Ni siquiera hablamos, temiendo aplastar con nuestras voces el imposible murmullo. Ya es muy tarde pero no tenemos sueño, el calor sigue subiendo en el salón sin que se nos ocurra abrir las dos puertas. No hacemos más que fumar y esperar lo inesperable; ni siquiera nos es dado jugar como al principio con la idea de que las muchachas podrían imaginarnos como migalas al acecho; ya no están ahí para atribuirles nuestra propia imaginación, volverlas espejos de esto que ocurre en la oscuridad, de esto que insoportablemente no ocurre.

Porque no podemos mentirnos, cada crujido de las mecedoras reemplaza un diálogo pero a la vez lo mantiene vivo. Ahora sabemos que todo era inútil, la fuga, el viaje, la esperanza de encontrar todavía un hueco oscuro sin testigos, un refugio propicio al recomienzo (porque el arrepentimiento no entra en nuestra naturaleza, lo que hicimos está hecho y lo recomenzaremos tan pronto nos sepamos a salvo de las represalias). Es como si de golpe toda la veteranía del pasado cesara de operar, nos abandonara como los dioses abandonan a

Antonio en el poema de Cavafis. Si todavía pensamos en la estrategia que garantizó nuestro arribo a la isla, si imaginamos un momento los horarios posibles, los teléfonos eficaces en otros puertos y ciudades, lo hacemos con la misma indiferencia abstracta con que tan frecuentemente citamos poemas jugando las infinitas carambolas de la asociación mental. Lo peor es que no sabemos por qué, el cambio se ha operado desde la llegada, desde los primeros murmullos al otro lado del tabique que presumíamos una mera valla también abstracta para la soledad y el reposo. Que otra voz inesperada se sumara un momento a los susurros no tenía por qué ir más allá de un banal enigma de verano, el misterio de la pieza de al lado como el de la *Mary Celeste,* alimento frívolo de siestas y caminatas. Ni siquiera le damos importancia especial, no lo hemos mencionado jamás; solamente sabemos que ya es imposible dejar de prestar atención, de orientar hacia el tabique cualquier actividad, cualquier reposo.

Tal vez por eso, en la alta noche en que fingimos dormir, no nos desconcierta demasiado la breve, seca tos que viene del otro bungalow, su tono inconfundiblemente masculino. Casi no es una tos, más bien una señal involuntaria, a la vez discreta y penetrante como lo eran los murmullos de las muchachas pero ahora sí señal, ahora sí emplazamiento después de tanta charla ajena. Nos levantamos sin hablar, el silencio ha caído de nuevo en el salón, solamente uno de los perros aúlla y aúlla a lo lejos. Esperamos un tiempo sin medida posible; el visitante del bungalow calla también, también acaso espera o se ha echado a dormir entre las flores amarillas de las sábanas. No importa, ahora hay un acuerdo que nada tiene que ver con la voluntad, hay un término que prescinde de forma y de fórmulas; en algún momento nos acercaremos sin consultarnos, sin tratar siquiera de mirarnos en la oscuridad. No necesitamos mirarnos, sabemos que estamos pensando en Michael, en cómo también Michael volvió a la granja de Erik, sin ninguna razón aparente volvió aunque para él la granja ya estaba vacía como el bungalow de al lado, volvió como ha vuelto el visitante de las muchachas, igual que Michael y los otros volviendo como las moscas, volviendo sin saber que se los espera, que esta vez vienen a una cita diferente.

A la hora de dormir nos habíamos puesto como siempre los camisones; ahora los dejamos caer como manchas blancas y gelatinosas en el piso, desnudas vamos hacia la puerta y salimos al jardín. No hay más que bordear el seto que prolonga la división de las dos alas del bungalow; la puerta sigue cerrada pero sabemos que no lo está, que basta tocar el picaporte. No hay luz dentro cuando entramos juntas; es la primera vez en mucho tiempo que nos apoyamos la una en la otra para andar.

II

Texto en una libreta

Recortes de prensa

Tango de vuelta

TEXTO EN UNA LIBRETA

Lo del control de pasajeros surgió —es el caso de decirlo— mientras hablábamos de la indeterminación y de los residuos analíticos. Jorge García Bouza había hecho algunas alusiones al subte de Montreal antes de referirse concretamente a la red del Anglo en Buenos Aires. No me lo dijo pero sospecho que algo había tenido que ver con los estudios técnicos de la empresa —si era la empresa misma la que hizo el control—. Con procedimientos especiales que mi ignorancia califica así aunque García Bouza insistió en su eficaz sencillez, se había llevado exacta cuenta de los pasajeros que usaban diariamente el subte dentro de una cierta semana. Como además interesaba conocer el porcentaje de afluencia a las distintas estaciones de la línea, así como el de viajes de extremo a extremo o entre las estaciones intermedias, el control se cumplió con severidad en todos los accesos y salidas desde Primera Junta a Plaza de Mayo; en aquel entonces, hablo de los años cuarenta, la línea del Anglo no estaba todavía conectada con las nuevas redes subterráneas, lo cual facilitaba los controles.

El lunes de la semana elegida se obtuvo una cifra global básica; el martes la cifra fue aproximadamente la misma; el miércoles, sobre un total análogo, se produjo lo inesperado: contra 113.987 personas ingresadas, la cifra de los que habían vuelto a la superficie fue de 113.983. El buen sentido sentenció cuatro errores de cálculo, y los responsables de la operación recorrieron los puestos de control buscando posibles negligencias. El inspector-jefe Montesano (hablo ahora con datos que García Bouza no conocía y que yo me procuré más tarde) llegó incluso a reforzar el personal adscrito al control. Sobrándole escrúpulos, hizo dragar el subte de extremo a extremo, y los obreros y el personal de los trenes tuvieron que exhibir sus carnets a la salida. Todo esto me hace ver ahora que el inspector-jefe Montesano sospechaba un tanto borrosamente el comienzo de lo que ahora nos consta a ambos. Agrego innecesariamente que nadie dio con el supuesto error que acababa de proponer (y eliminar a la vez) cuatro pasajeros inhallables.

El jueves todo funcionó bien; ciento siete mil trescientos veintiocho habitantes de Buenos Aires reaparecieron obedientes luego de su inmersión episódica en el subsuelo. El viernes (ahora, luego de las operaciones precedentes, el control podía considerarse como perfecto), la cifra de los que volvieron a salir excedió en uno a la de los controlados a la entrada. El sábado se obtuvieron cifras iguales, y la empresa estimó terminada su tarea. Los resultados anómalos no se dieron a conocer al público, y aparte del inspector-jefe Montesano y los técnicos a cargo de las máquinas totalizadoras en la estación Once, pienso que muy poca gente tuvo noticia de lo ocurrido. Creo también que esos pocos (continúo exceptuando al inspector-jefe) razonaron su necesidad de olvido con la simple atribución de un error a las máquinas o a sus operadores.

Esto pasaba en 1946 o a comienzos del 47. En los meses que siguieron me tocó viajar mucho en el Anglo; de a ratos, porque el trayecto era largo, me volvía el recuerdo de aquella charla con García Bouza, y me sorprendía irónicamente mirando a la gente que me rodeaba en los asientos o se colgaba de las manijas de cuero como reses en los ganchos. Dos veces, en la estación José María Moreno, me pareció irrazonablemente que algunas gentes (un hombre, más tarde dos mujeres viejas) no eran simples pasajeros como los demás. Un jueves por la noche en la estación Medrano, después de ir al box y verlo a Jacinto Llanes ganar por puntos, me pareció que la muchacha casi dormida en el segundo banco del andén no estaba ahí para esperar el tren ascendente. En realidad subió al mismo coche que yo, pero solamente para bajar en Río de Janeiro y quedarse en el andén como si dudara de algo, como si estuviera tan cansada o aburrida.

Todo esto lo digo ahora, cuando ya no me queda nada por saber; así también después del robo la gente se acuerda de que muchachos mal entrazados rondaban la manzana. Y sin embargo, desde el comienzo, algo de esas aparentes fantasías que se tejen en la distracción iba más allá y dejaba como un sedimento de sospecha; por eso la noche en que García Bouza mencionó como un detalle curioso los resultados del control, las dos cosas se asociaron instantáneamente y sentí que algo se coagulaba en extrañeza, casi en miedo. Quizá, de los de fuera, fui el primero en saber.

A esto sigue un período confuso donde se mezclan el creciente deseo de verificar sospechas, una cena en *El Pescadito* que me acercó a Montesano y a sus recuerdos, y un descenso progresivo y cauteloso al subte entendido como otra cosa, como una lenta respiración diferente, un pulso que de alguna manera casi impensable no latía para la ciudad, no era ya solamente uno de los transportes de la ciudad. Pero antes de empezar realmente a bajar (no me refiero al hecho trivial de circular en el subte como todo el mundo) pasó un tiempo de reflexión y análisis. A lo largo de tres meses, en que preferí viajar en el tranvía 86 para evitar verificaciones o casualidades engañosas, me retuvo en la superficie una atendible teoría de Luis M. Baudizzone. Como le mencionara —casi en broma— el informe de García Bouza, creyó posible explicar el fenómeno por una especie de desgaste atómico previsible en las grandes multitudes. Nadie ha contado jamás a la gente que sale del estadio de River Plate un domingo de clásico, nadie ha cotejado esa cifra con la de la taquilla. Una manada de cinco mil búfalos corriendo por un desfiladero, ¿contiene las mismas unidades al entrar que al salir? El roce de las personas en la calle Florida corroe sutilmente las mangas de los abrigos, el dorso de los guantes. El roce de 113.987 viajeros en trenes atestados que los sacuden y los frotan entre ellos a cada curva y a cada frenada, puede tener como resultado (por anulación de lo individual y acción del desgaste sobre el ente multitud) la anulación de cuatro unidades al cabo de veinte horas. A la segunda anomalía, quiero decir el viernes en que hubo un pasajero de más, Baudizzone sólo alcanzó a coincidir con Montesano y atribuirlo a un error de cálculo. Al final de estas conjeturas más bien literarias yo me sentía de nuevo muy solo, yo que ni siquiera tenía conjeturas propias y en cambio un lento calambre en el estómago cada vez que llegaba a una boca del subte. Por eso seguí por mi cuenta un camino en espiral que me fue acercando poco a poco, por eso viajé tanto tiempo en tranvía antes de sentirme capaz de volver al Anglo, de bajar de veras y no solamente para tomar el subte.

Aquí hay que decir que de ellos no he tenido la menor ayuda, muy al contrario;

esperarla o buscarla hubiera sido insensato. Ellos están ahí y ni siquiera saben que su historia escrita empieza en este mismo párrafo. Por mi parte no hubiera querido delatarlos, y en todo caso no mencionaré los pocos nombres que me fue dado conocer en esas semanas en que entré en su mundo; si he hecho todo esto, si escribo este informe, creo que mis razones fueron buenas, que quise ayudar a los porteños siempre afligidos por los problemas del transporte. Ahora ya ni siquiera eso cuenta, ahora tengo miedo, ahora ya no me animo a bajar ahí, pero es injusto tener que viajar lenta e incómodamente en tranvía cuando se está a dos pasos del subte que todo el mundo toma porque no tiene miedo. Soy lo bastante honesto para reconocer que si ellos son expulsados —sin escándalo, claro, sin que nadie se entere demasiado— voy a sentirme más tranquilo. Y no porque mi vida se haya visto amenazada mientras estaba ahí abajo, pero tampoco me sentí seguro un solo instante mientras avanzaba en mi investigación de tantas noches (ahí todo transcurre en la noche, nada más falso y teatral que los chorros de sol que irrumpen de los tragaluces entre dos estaciones, o ruedan hasta la mitad de las escaleras de acceso a las estaciones); es bien posible que algo haya terminado por delatarme, y que ellos ya sepan por qué paso tantas horas en el subte, así como yo los distingo inmediatamente entre la muchedumbre apretujada de las estaciones. Son tan pálidos, proceden con tan manifiesta eficiencia; son tan pálidos y están tan tristes, casi todos están tan tristes.

Curiosamente, lo que más me preocupó desde un comienzo fue llegar a saber cómo vivían, sin que las razones de esa vida me parecieran lo más importante. Casi en seguida abandoné una idea de vías muertas o socavones abandonados; la existencia de todos ellos era manifiesta y coincidía con el ir y venir de los pasajeros entre las estaciones. Es cierto que entre Loria y Plaza Once se atisba vagamente un Hades lleno de fraguas desvíos, depósitos de materiales y raras casillas con vidrios ennegrecidos. Esa especie de Niebeland se entrevé unos pocos segundos mientras el tren nos sacude casi brutalmente en las curvas de entrada a la estación que tanto brilla por contraste. Pero me bastó pensar en la cantidad de obreros y capataces que comparten esas sucias galerías para desecharlas como reducto aprovechable; ellos no se hubieran expuesto allí, por lo menos en las primeras etapas. Me bastaron unos cuantos viajes de observación para darme cuenta de que en ninguna parte, fuera de la línea misma —quiero decir las estaciones con sus andenes, y los trenes en casi permanente movimiento—, había lugar y condiciones que se prestaran a su vida. Fui eliminando vías muertas, bifurcaciones y depósitos hasta llegar a la clara y horrible verdad por residuo necesario, ahí en ese reino crepuscular donde la noción de residuo volvía una y otra vez. Esa existencia que bosquejo (algunos dirán que propongo) se me dio condicionada por la necesidad más brutal e implacable; del rechazo sucesivo de posibilidades fue surgiendo la única posibilidad restante. Ellos, ahora estaba demasiado claro, no se localizan en parte alguna, viven en el subte, en los trenes del subte, moviéndose continuamente. Su existencia y su circulación de leucocitos —¡son tan pálidos!— favorece el anonimato que hasta hoy los protege.

Llegado a esto, lo demás era evidente. Salvo al amanecer y en la alta noche, los trenes del Anglo no están nunca vacíos, porque los porteños son noctámbulos y siempre hay unos pocos pasajeros que van y vienen antes del cierre de las rejas de las estaciones. Podría imaginarse un último tren ya inútil, que corre cumpliendo el horario aunque ya no lo aborde nadie, pero nunca me fue dado verlo. O más bien sí, alcancé a verlo algunas veces pero sólo para mí estaba realmente vacío; sus raros pasajeros eran una parte de ellos, que continuaban su noche cumpliendo instrucciones inflexibles. Nunca pude ubicar la naturaleza de su refugio forzoso durante las tres horas muertas en que el Anglo se detiene, de dos a cinco de la mañana. O se quedan en un tren que va a una vía muerta (y en ese caso el conductor tiene que ser uno de ellos) o se confunden episódicamente con el personal de limpieza nocturna. Esto último es lo menos probable, por una cuestión de indumentaria y de relaciones personales, y prefiero sospechar la utilización del túnel, desconocido por los pasajeros corrientes, que conecta la estación del Once con el puerto. Además, ¿por qué la sala con la advertencia *Entrada prohibida* en la estación José María Moreno está llena de rollos de papel, sin contar un raro arcón donde pueden guardarse cosas? La fragilidad visible de esa puerta se presta a las peores sospechas; pero con todo, aunque tal vez sea poco razonable, mi parecer es que ellos continúan de algún modo su existencia ya descrita, sin salir de los trenes o del andén de las estaciones; una necesidad estética me da en el fondo la certidumbre, acaso la razón. No parece haber residuos válidos en esa permanente circulación que los lleva y los trae entre las dos terminales.

He hablado de necesidades estéticas, pero quizá esas razones sean solamente pragmáticas. El plan exige una gran simplicidad para que cada uno de ellos pueda reaccionar mecánicamente y sin errores frente a los momentos sucesivos que comporta su permanente vida bajo tierra. Por ejemplo, como pude verificarlo después de una larga paciencia, cada uno sabe que no debe hacer más de un viaje en el mismo coche para no llamar la atención; cambio en la terminal de Plaza de Mayo les está dado quedarse en su asiento, ahora que la congestión del transporte hace que mucha gente suba al tren en Florida para ganar un asiento y adelantarse así a los que esperan en la terminal. En Primera Junta la operación es diferente, les basta con descender, caminar unos metros y mezclarse con los pasajeros que ocupan el tren de la vía opuesta. En todos los casos juegan con la ventaja de que la enorme mayoría de los pasajeros no hacen más que un viaje parcial. Como sólo volverán a tomar el subte mucho después, entre treinta minutos si van a una diligencia corta y ocho horas si son empleados u obreros, es improbable que puedan reconocer a los que siguen ahí abajo, máxime cambiando continuamente de vagones y de trenes. Este último cambio, que me costó verificar, es mucho más sutil y responde a un esquema inflexible destinado a impedir posibles adherencias visuales en los guardatrenes o los pasajeros que coinciden (dos veces sobre cinco, según las horas y la afluencia de público) con los mismos trenes. Ahora sé, por ejemplo, que la muchacha que esperaba en Medrano aquella noche había bajado del tren anterior al que yo tomé, y que subió al siguiente luego de viajar conmigo hasta Río de Janeiro; como todos ellos, tenía indicaciones precisas hasta el fin de la semana.

La costumbre les ha enseñado a dormir en los asientos, pero sólo por períodos de un cuarto de hora como máximo. Incluso los que viajamos episódicamente en el Anglo terminamos por poseer una memoria táctil del itinerario, la entrada en las pocas curvas de la línea nos dice infaliblemente si salimos de Congreso hacia Sáenz Peña o remontamos hacia Loria. En ellos el hábito es tal que despiertan en el momento preciso para descender y cambiar de coche o de tren. Duermen con dignidad, erguidos, la cabeza apenas inclinada sobre el pecho. Veinte cuartos de hora les bastan para descansar, y además tienen a su favor esas tres horas vedadas a mi conocimiento en que el Anglo se cierra al público. Cuando llegué a saber que poseían por lo menos un tren, lo que confirmaba acaso mi hipótesis de la vía muerta en las horas de cierre, me dije que su vida habría adquirido un valor de comunidad casi agradable si les hubiera sido dado viajar todos juntos en ese tren. Rápidas pero deliciosas comidas colectivas entre estación y estación, sueño ininterrumpido en un viaje de terminal a terminal, incluso la alegría del diálogo y los contactos entre amigos y por qué no parientes. Pero llegué a comprobar que se abstienen severamente de reunirse en su tren (si es solamente uno, puesto que sin duda su número aumenta paulatinamente); saben de sobra que cualquier identificación les sería fatal, y que la memoria recuerda mejor tres caras juntas a un tiempo, como dice el destrabalenguas, que a meros individuos aislados.

Su tren les permite un fugaz conciliábulo cuando necesitan recibir e irse pasando la nueva tabulación semanal que el Primero de ellos prepara en hojitas de block y distribuye cada domingo a los jefes de grupo; allí también reciben el dinero para la alimentación de la semana, y un emisario del Primero (sin duda el conductor del tren) escucha lo que cada uno tiene que decirle en materia de ropas, mensajes al exterior y estado de salud. El programa consiste en una alternación tal de trenes y de coches que un encuentro es prácticamente imposible y sus vidas vuelven a distanciarse hasta el fin de la semana. Presumo —todo esto he llegado a entenderlo después de tensas proyecciones mentales, de sentirme ellos y sufrir o alegrarme como ellos— que esperan cada domingo como nosotros allá arriba esperamos la paz del nuestro. Que el Primero haya elegido ese día no responde a un respeto tradicional que me hubiera sorprendido en ellos; simplemente sabe que los domingos hay otro tipo de pasajeros en el subte, y por eso cualquier tren es más anónimo que un lunes o un viernes.

Juntando delicadamente tantos elementos del mosaico pude comprender la fase inicial de la operación y la toma del tren. Los cuatro primeros, como lo prueban las cifras del control, bajaron un martes. Esa tarde, en el andén de Sáenz Peña, estudiaron la cara enjaulada de los conductores que iban pasando. El Primero hizo una señal, y abordaron un tren. Había que esperar la salida de Plaza de Mayo, disponer de trece estaciones por delante, y que el guarda estuviera en otro coche. Lo más difícil era llegar a un momento en que quedaran solos; los ayudó una disposición caballeresca de la Corporación de Transportes de la Ciudad de Buenos Aires, que otorga el primer coche a las señoras y a los niños, y una modalidad porteña consiste en un sensible desprecio hacia ese coche. En Perú viajaban dos señoras hablando de la liquidación de la Casa Lamota (donde se viste Carlota) y un chico sumido en la inadecuada lectura de *Rojo y Negro* (la revista, no Stendhal). El guarda estaba hacia la mitad del tren cuando el Primero entró en el coche para señoras y golpeó discretamente en la puerta de la cabina del conductor. Éste abrió sorprendido pero sin sospechar nada, y ya el tren subía hacia Piedras. Pasaron Lima, Sáenz Peña y Congreso sin novedad. En Pasco hubo alguna demora en salir, pero el guarda estaba en la otra punta del tren y no se preocupó. Antes de llegar a Río de Janeiro el Primero había vuelto al coche donde lo esperaban los otros tres. Cuarenta y ocho horas más tarde un conductor vestido de civil, con ropa un poco grande, se mezclaba con la gente que salía de Medrano, y le daba al inspector-jefe Montesano el desagrado de aumentarle en una unidad la cifra del día viernes. Ya el Primero conducía su tren, con los otros tres ensayando furtivamente para reemplazarlo cuando llegara el momento. Descuento que poco a poco hicieron lo mismo con los guardas correspondientes a los trenes que iban tomando.

Dueños de más de un tren, ellos disponen de un territorio móvil donde pueden operar con alguna seguridad. Probablemente nunca sabré por qué los conductores del Anglo cedieron a la extorsión o al soborno del Primero, ni cómo esquiva éste su posible identificación cuando enfrenta a otros miembros del personal, cobra su sueldo o firma planillas. Sólo pude proceder periféricamente, descubriendo uno a uno los mecanismos inmediatos de la vida vegetativa, de la conducta exterior. Me fue duro admitir que se alimentaban casi exclusivamente con los productos que se venden en los quioscos de las estaciones, hasta llegar a convencerme de que el más extremo rigor preside esta existencia sin halagos. Compran chocolates y alfajores, barras de dulce de leche y de coco, turrones y caramelos nutritivos. Los comen con el aire indiferente del que se ofrece una golosina, pero cuando viajan en alguno de sus trenes las parejas osan comprar un alfajor de los grandes, con mucho dulce de leche y grageas, y lo van comiendo vergonzosamente, de a trocitos, con la alegría de una verdadera comida. Nunca han podido resolver en paz el problema de la alimentación en común, cuántas veces tendrán mucha hambre, y el dulce les repugnará y el recuerdo de la sal como un golpe de ola cruda en la boca los llenará de horrible delicia, y con la sal el gusto del asado inalcanzable, la sopa oliendo a perejil y a apio. (En esa época se instaló una churrasquería en la estación del Once, a veces llega hasta el andén del subte el inconfundible olor humoso de los chorizos y los sándwiches de lomo. Pero ellos no pueden usarla porque está del otro lado de los molinetes, en el andén del tren a Moreno.)

Otro duro episodio de sus vidas es la ropa. Se desgastan los pantalones, las faldas, las enaguas. Poco estropean las chaquetas y las blusas, pero después de un tiempo tienen que cambiarse, incluso por razones de seguridad. Una mañana en que seguía a uno de ellos procurando aprender más de sus costumbres, descubrí las relaciones que mantienen con la superficie. Es así: ellos bajan de a uno en la estación tabulada, en el día y la hora tabulados. Alguien viene de la superficie con la ropa de recambio (después verifiqué que era un servicio completo; ropa interior limpia en cada caso, y un traje o vestido planchados de tanto en tanto), y los dos suben al mismo coche del tren que sigue. Allí pueden hablar, el paquete pasa del uno al otro y en la estación siguiente ellos se cambian —es la parte más penosa— en los siempre inmundos excusados. Una estación más allá el mismo agente los está esperando en el andén; viajan juntos hasta la próxima estación, y el agente vuelve a la superficie con el paquete de ropa usada.

Por pura casualidad, y después de haberme convencido de que conocía ya casi todas sus posibilidades en ese terreno, descubrí que además de los intercambios periódicos de ropas tienen un depósito donde almacenan precariamente algunas prendas y objetos para casos de emergencia, quizá para cubrir las primeras necesidades cuando llegan los nuevos, cuyo número no puedo calcular pero que imagino grande. Un amigo me presentó en la calle a un viejo que se esfuerza como *bouquiniste* en las recovas del Cabildo. Yo andaba buscando un número viejo de *Sur*; para mi sorpresa y quizá mi admisión de lo inevitable el librero me hizo bajar a la estación Perú y torcer a la izquierda del andén donde nace un pasillo muy transitado y con poco aire de subterráneo. Allí tenía su depósito, lleno de pilas confusas de libros y revistas. No encontré *Sur* pero en cambio había una puertecita entornada que daba a otra pieza; vi a alguien de espaldas, con la nuca blanquísima que tienen ya todos ellos; a sus pies alcancé a sospechar una cantidad de abrigos, unos pañuelos, una bufanda roja. El librero pensaba que era un minorista o un concesionario como él; se lo dejé creer y le compré *Trilce* en una bella edición. Pero ya en esto de la ropa supe cosas horribles. Como tienen dinero de sobra y ambicionan gastarlo (pienso que en las cárceles de costumbres amables es lo mismo) satisfacen caprichos inofensivos con una violencia que me conmueve. Yo seguía entonces a un muchacho rubio, lo veía siempre con el mismo traje marrón; sólo le cambiaba la corbata, dos o tres veces al día entraba en los lavatorios para eso. Un mediodía se bajó en Lima para comprar una corbata en el puesto del andén; estuvo largo rato eligiendo, sin decidirse; era su gran escapada, su farra de los sábados. Yo le veía en los bolsillos del saco el bulto de las otras corbatas, y sentí algo que no estaba por debajo del horror.

Ellas se compran pañuelitos, pequeños juguetes, llaveros, todo lo que cabe en los quioscos y los bolsos. A veces bajan en Lima o Perú y se quedan mirando las vitrinas del andén donde se exhiben muebles, miran largamente los armarios y las camas, miran los muebles con un deseo humilde y contenido, y cuando compran el diario o *Maribel* se demoran absortas en los avisos de liquidaciones, de perfumes, los figurines y los guantes. También están a punto de olvidar sus instrucciones de indiferencia y despego cuando ven subir a las madres que llevan de paseo a sus niños; dos de ellas, las vi con pocos días de diferencia, llegaron a abandonar sus asientos y viajar de pie cerca de los niños, rozándose casi contra ellos; no me hubiera asombrado demasiado que les acariciaran el pelo o les dieran un caramelo, cosas que no se hacen en el subte de Buenos Aires y probablemente en ningún subte.

Mucho tiempo me pregunté por qué el Primero había elegido precisamente uno de los días de control para bajar con los otros tres. Conociendo su método, ya que no a él todavía, creí erróneo atribuirlo a jactancia, al deseo de causar escándalo si se publicaban las diferencias de cifras. Más acorde con su sagacidad reflexiva era sospechar que en esos días la atención del personal del Anglo estaba puesta, directa o inconscientemente, en las operaciones de control. La toma del tren resultaba así más factible; incluso el retorno a la superficie del conductor sustituido no podía traerle consecuencias peligrosas. Sólo tres meses después el encuentro casual en el Parque Lezama del ex conductor con el inspector-jefe Montesano, y las taciturnas inferencias de este último, pudieron acercarlo y acercarme a la verdad.

Para ese entonces —hablo casi de ahora— ellos tenían tres trenes en su posesión y creo, sin seguridad, que un puesto en las cabinas de coordinación de Primera Junta. Un suicidio abrevió mis últimas dudas. Esa tarde había seguido a una de ellas y la vi entrar en la casilla telefónica de la estación José María Moreno. El andén estaba casi vacío, y yo apoyé la cara en el tabique lateral, fingiendo el cansancio de los que vuelven del trabajo. Era la primera vez que veía a uno de ellos en una casilla telefónica, y no me había sorprendido el aire furtivo y como asustado de la muchacha, su instante de vacilación antes de mirar en torno y entrar en la casilla. Oí pocas cosas, llorar, un ruido de bolso abriéndose, sonarse, y después: «Pero el canario, ¿vos lo cuidás, verdad? ¿Vos le das el alpiste todas las mañanas, y el pedacito de vainilla?». Me asombró esa banalidad, porque la voz no era una voz que estuviera transmitiendo un mensaje basado en cualquier código, las lágrimas mojaban esa voz, la ahogaban. Subí a un tren antes de que ella pudiera descubrirme y di toda la vuelta, continuando un control de tiempos y de cambio de ropas. Cuando entrábamos otra vez en José María Moreno, ella se tiró después de persignarse (dicen); la reconocí por los zapatos rojos y el bolso claro. Había un gentío enorme, y muchos rodeaban al conductor y al guarda a la espera de la policía. Vi que los dos eran de ellos (son tan pálidos) y pensé que lo ocurrido probaría allí mismo la solidez de los planes del Primero, porque una cosa es suplantar a alguien en las profundidades y otra resistir a un examen policial. Pasó una semana sin novedad, sin la menor secuela de un suicidio banal y casi cotidiano; entonces empecé a tener miedo de bajar.

Ya sé que aún me falta saber muchas cosas, incluso las capitales, pero el miedo es más fuerte que yo. En estos días llego apenas a la boca de Lima, que es mi estación, huelo ese olor caliente, ese olor Anglo que sube hasta la calle; oigo pasar los trenes. Entro a un café y me trato de imbécil, me pregunto cómo es posible renunciar a tan pocos pasos de la revelación total. Sé tantas cosas, podría ser útil a la sociedad denunciando lo que ocurre.

Sé que en las últimas semanas tenían ya ocho trenes, y que su número crece rápidamente. Los nuevos son todavía irreconocibles porque la decoloración de la piel es muy lenta y sin duda extreman las precauciones; los planes del Primero no parecen tener fallas, y me resulta imposible calcular su número. Sólo el instinto me dijo, cuando todavía me animaba a estar abajo y a seguirlos, que la mayoría de los trenes está ya llena de ellos, que los pasajeros ordinarios encuentran más y más difícil viajar a toda hora; y no puede sorprenderme que los diarios pidan nuevas líneas, más trenes, medidas de emergencia.

Vi a Montesano, le dije algunas cosas y esperé que adivinara otras. Me pareció que desconfiaba de mí, que seguía por su cuenta alguna pista o más bien que prefería desentenderse con elegancia de algo que iba más allá de su imaginación, sin hablar de la de sus jefes. Comprendí que era inútil volver a hablarle, que podría acusarme de complicarle la vida con fantasías acaso paranoicas, sobre todo cuando me dijo golpeándome la espalda: «Usted está cansado, usted debería viajar.»

Pero donde yo debería viajar es en el Anglo. Me sorprende un poco que Montesano no se decida a tomar medidas, por lo menos contra el Primero y los otros tres para cortar por lo alto ese árbol que hunde más y más sus raíces en el asfalto y la tierra. Hay ese olor a encerrado, se oyen los frenos de un tren y después la bocanada de gente que trepa la escalera con el aire bovino de los que han viajado de pie, hacinados en coches siempre llenos. Yo debería acercarme, llevarlos aparte de a uno y explicarles; entonces oigo entrar otro tren y me vuelve el miedo. Cuando reconozco a alguno de los agentes que baja o sube con el paquete de ropas, me escondo en el café y no me animo a salir por largo rato.

Pienso, entre dos vasos de ginebra, que apenas recobre el valor bajaré para cerciorarme de su número. Yo creo que ahora poseen todos los trenes, la administración de muchas estaciones y parte de los talleres. Ayer pensé que la vendedora del quiosco de golosinas de Lima podría informarme indirectamente sobre el forzoso aumento de sus ventas. Con un esfuerzo apenas superior al calambre que me apretaba el estómago pude bajar al andén, repitiéndome que no se trataba de subir a un tren, de mezclarme con ellos; apenas dos preguntas y volver a la superficie, volver a estar a salvo. Eché la moneda en el molinete y me acerqué al quiosco; iba a comprar un Milkibar cuando vi que la vendedora me estaba mirando fijamente. Hermosa pero tan pálida, tan pálida. Corrí desesperado hacia las escaleras, subí tropezándome. Ahora sé que no podría volver a bajar; me conocen, al final han acabado por conocerme.

He pasado una hora en el café sin decidirme a pisar de nuevo el primer peldaño de la escalera, quedarme ahí entre la gente que sube y baja, ignorando a los que me miran de reojo sin comprender que no me decida a moverme en una zona donde todos se mueven. Me parece casi inconcebible haber llevado a término el análisis de sus métodos generales y no ser capaz de dar el paso final que me permita la revelación de sus identidades y de sus propósitos. Me niego a aceptar que el miedo me apriete de esta manera el pecho; tal vez me decida, tal vez lo mejor sea apoyarme en la barandilla de la escalera y gritar lo que sé de su plan, lo que creo saber sobre el Primero (lo diré, aunque Montesano se disguste si le desbarato su propia pesquisa) y sobre todo las consecuencias de todo esto para la población de Buenos Aires. Hasta ahora he seguido escribiendo en el café, la tranquilidad de estar en la superficie y en un lugar neutro me llena de una calma que no tenía cuando bajé hasta el quiosco. Siento que de alguna manera voy a volver a bajar, que me obligaré paso a paso a bajar la escalera, pero entre tanto lo mejor será terminar mi informe para mandarlo al Intendente o al jefe de policía, con una copia para Montesano, y después pagaré el café y seguramente bajaré, de eso estoy seguro aunque no sé cómo voy a hacerlo, de dónde voy a sacar fuerzas para bajar peldaño a peldaño ahora que me conocen, ahora que al final han acabado por conocerme, pero ya no importa, antes de bajar tendré listo el borrador, diré señor Intendente o señor jefe de policía, hay alguien allí abajo que camina, alguien que va por los andenes y cuando nadie se da cuenta, cuando solamente yo puedo saber y escuchar, se encierra en una cabina apenas iluminada y abre el bolso. Entonces llora, primero llora un poco y después, señor Intendente, dice: «Pero el canario, ¿vos lo cuidás, verdad? ¿Vos le das el alpiste todas las mañanas, y el pedacito de vainilla?»

RECORTES DE PRENSA

Aunque no creo necesario decirlo,
el primer recorte es real
y el segundo imaginario.

El escultor vive en la calle Riquet, lo que no me parece una idea acertada pero en París no se puede elegir demasiado cuando se es argentino y escultor, dos maneras habituales de vivir difícilmente en esta ciudad. En realidad nos conocemos mal, desde pedazos de tiempo que abarcan ya veinte años; cuando me telefoneó para hablarme de un libro con reproducciones de sus trabajos más recientes y pedirme un texto que pudiera acompañarlas, le dije lo que siempre conviene decir en estos casos, o sea que él me mostraría sus esculturas y después veríamos, o más bien veríamos y después.

Fui por la noche a su departamento y al principio hubo café y finteos amables, los dos sentíamos lo que inevitablemente se siente cuando alguien le muestra su obra a otro y sobreviene ese momento casi siempre temible en que las hogueras se encenderán o habrá que admitir, tapándolo con palabras, que la leña estaba mojada y daba más humo que calor. Ya antes, por teléfono, él me había comentado sus trabajos, una serie de pequeñas esculturas cuyo tema era la violencia en todas las latitudes políticas y geográficas que abarca el hombre como lobo del hombre. Algo sabíamos de eso, una vez más dos argentinos dejando subir la marea de los recuerdos, la cotidiana acumulación del espanto a través de cables, cartas, repentinos silencios. Mientras hablábamos, él iba despejando una mesa; me instaló en un sillón propicio y empezó a traer las esculturas, las ponía bajo una luz bien pensada, me dejaba mirarlas despacio y después las hacía girar poco a poco; casi no hablábamos ahora, ellas tenían la palabra y esa palabra seguía siendo la nuestra. Unas tras otra hasta completar una decena o algo así, pequeñas y filiformes, arcillosas o enyesadas, naciendo de alambres o de botellas pacientemente envueltas por el trabajo de los dedos y la espátula, creciendo desde latas vacías y objetos que sólo la confidencia del escultor me dejaba conocer por debajo de cuerpos y cabezas, de brazos y de manos. Era tarde en la noche, de la calle llegaba apenas un ruido de camiones pesados, una sirena de ambulancia.

Me gustó que en el trabajo del escultor no hubiera nada de sistemático o demasiado explicativo, que cada pieza contuviera algo de enigma y que a veces fuera necesario mirar largamente para comprender la modalidad que en ella asumía la violencia; las esculturas me parecieron al mismo tiempo ingenuas y sutiles, en todo caso sin tremendismo ni extorsión sentimental. Incluso la tortura, esa forma última en que la violencia se cumple en el terror de la inmovilidad y el aislamiento, no había sido mostrada con la dudosa minucia de tantos afiches y textos y películas que volvían a mi memoria también dudosa, también demasiado pronta a guardar imágenes y devolverlas para vaya a saber qué oscura complacencia. Pensé que si escribía el texto que me había pedido el escultor, si escribo el texto que me pedís, le dije, será un texto como esas piezas, jamás me dejaré llevar por la facilidad que demasiado abunda en este terreno.

—Eso es cosa tuya, Noemí —me dijo—. Yo sé que no es fácil, llevamos tanta sangre en los recuerdos que a veces uno se siente culpable de ponerle límites, de manearlo para que no nos inunde del todo.

—A quién se lo decís. Mirá este recorte, yo conozco a la mujer que lo firma y estaba enterada de algunas cosas por informes de amigos. Pasó hace tres años como pudo pasar anoche o como puede estar pasando en este mismo momento en Buenos Aires o en Montevideo. Justamente antes de salir para tu casa abrí la carta de un amigo y encontré el recorte. Dame otro café mientras lo leés, en realidad no es necesario que lo leas después de lo que me mostraste pero no sé, me sentiré mejor si también vos lo leés.

Lo que él leyó era esto:

La que suscribe, Laura Beatriz Bonaparte Bruschtein, domiciliada en Atoyac, número 26, distrito 10, Colonia Cuauhtémoc, México 5, D.F., desea comunicar a la opinión pública el siguiente testimonio:

1. Aída Leonora Bruschtein Bonaparte, nacida el 21 de mayo de 1951 en Buenos Aires, Argentina, de profesión maestra alfabetizadora.

Hecho: A las diez de la mañana del 24 de diciembre de 1975 fue secuestrada por personal del Ejército argentino (Batallón 601) en su puesto de trabajo, en Villa Miseria Monte Chingolo, cercana a la Capital Federal.

El día precedente ese lugar había sido escenario de una batalla, que había dejado un saldo de más de cien muertos, incluidas personas del lugar. Mi hija, después de secuestrada, fue llevada a la guarnición militar Batallón 601.

Allí fue brutalmente torturada, al igual que otras mujeres. Las que sobrevivieron fueron fusiladas esa misma noche de Navidad. Entre ellas estaba mi hija.

La sepultura de los muertos en combate y de los civiles secuestrados, como es el caso de mi hija, demoró alrededor de cinco días. Todos los cuerpos, incluido el de ella, fueron trasladados con palas mecánicas desde el batallón a la comisaría de Lanús, de allí al cementerio de Avellaneda, donde fueron enterrados en una fosa común.

Yo seguía mirando la última escultura que había quedado sobre la mesa, me negaba a fijar los ojos en el escultor que leía en silencio. Por primera vez escuché un tictac de reloj de pared, venía del vestíbulo y era lo único audible en ese momento en que la calle se iba quedando más y más desierta; el leve sonido me llegaba como un metrónomo de la noche, una tentativa de mantener vivo el tiempo dentro de ese agujero en que estábamos como metidos los dos, esa duración que abarcaba una pieza de París y un barrio miserable de Buenos Aires, que abolía los calendarios y nos dejaba cara a cara frente a eso, frente a lo que solamente podíamos llamar eso, todas las calificaciones gastadas, todos los gestos del horror cansados y sucios.

—*Las que sobrevivieron fueron fusiladas esa misma noche de Navidad* —leyó en voz alta el escultor—. A lo mejor les dieron pan dulce y sidra, acordate de que en Auschwitz repartían caramelos a los niños antes de hacerlos entrar en las cámaras de gas.

Debió ver cualquier cosa en mi cara, hizo un gesto de disculpa y yo bajé los ojos y busqué otro cigarrillo.

> Supe oficialmente del asesinato de mi hija en el juzgado número 8 de la ciudad de La Plata, el día 8 de enero de 1976. Luego fui derivada a la comisaría de Lanús, donde después de tres horas de interrogatorio se me dio el lugar donde estaba situada la fosa. De mi hija sólo me ofrecieron ver las manos cortadas de su cuerpo y puestas en un frasco, que lleva el número 24. Lo que quedaba de su cuerpo no podía ser entregado, porque era secreto militar. Al día siguiente fui al cementerio de Avellaneda, buscando el tablón número 28. El comisario me había dicho que allí encontraría «lo que quedaba de ella, porque no podían llamarse cuerpos los que les habían sido entregados». La fosa era un espacio de tierra recién removido, de cinco metros por cinco, más o menos al fondo

del cementerio. Yo sé ubicar la fosa. Fue terrible darme cuenta de qué manera habían sido asesinadas y sepultadas más de cien personas, entre las que estaba mi hija.

2. Frente a esta situación infame y de tan indescriptible crueldad, en enero de 1976, yo, domiciliada en la calle Lavalle, 730, quinto piso, distrito nueve, en la Capital Federal, entablo al Ejército argentino un juicio por asesinato. Lo hago en el mismo tribunal de La Plata, el número 8, juzgado civil.

—Ya ves, todo esto no sirve de nada —dijo el escultor barriendo el aire con un brazo tendido—. No sirve de nada, Noemí, yo me paso meses haciendo estas mierdas, vos escribís libros, esa mujer denuncia atrocidades, vamos a congresos y a mesas redondas para protestar, casi llegamos a creer que las cosas están cambiando, y entonces te bastan dos minutos de lectura para comprender de nuevo la verdad, para...

—Sh, yo también pienso cosas así en el momento —le dije con la rabia de tener que decirlo—. Pero si las aceptara sería como mandarles a ellos un telegrama de adhesión, y además lo sabés muy bien, mañana te levantarás y al rato estarás modelando otra escultura y sabrás que yo estoy delante de mi máquina y pensarás que somos muchos aunque seamos tan pocos, y que la disparidad de fuerza no es ni será nunca una razón para callarse. Fin del sermón. ¿Acabaste de leer? Tengo que irme, che.

Hizo un gesto negativo, mostró la cafetera.

Consecuentemente a este recurso legal mío, se sucedieron los siguientes hechos:

3. En marzo de 1976, Adrián Saidón, argentino de 24 años, empleado, prometido de mi hija, fue asesinado en una calle de la ciudad de Buenos Aires por la policía, que avisó a su padre.

Su cuerpo no fue restituido a su padre, doctor Abraham Saidón, porque era secreto militar.

4. Santiago Bruschtein, argentino, nacido el 25 de diciembre de 1918, padre de mi hija asesinada, mencionada en primer lugar, de profesión doctor en bioquímica, con laboratorio en la ciudad de Morón.

Hecho: el 11 de junio de 1976, a las 12 de mediodía, llegan a su departamento de la calle Lavalle, 730, quinto piso, departamento 9, un grupo de militares vestidos de civil. Mi marido, asistido por una enfermera, se encontraba en su lecho casi moribundo, a causa de un infarto, y con un pronóstico de tres meses de vida. Los militares le preguntaron por mí y nuestros hijos, y agregaron que: *«Cómo un judío hijo de puta puede atreverse a abrir una causa por asesinato al Ejército argentino.»* Luego le obligaron a levantarse, y *golpeándolo* lo subieron a un automóvil, sin permitirle llevarse sus medicinas.

Testimonios oculares han afirmado que para la detención el Ejército y la policía usaron alrededor de veinte coches. De él no hemos sabido nunca nada más. Por informaciones no oficiales, nos hemos enterado que falleció súbitamente en los comienzos de la tortura.

—Y yo estoy aquí a miles de kilómetros discutiendo con un editor qué clase de papel tendrán que llevar las fotos de las esculturas, el formato y la tapa.

—Bah, querido, en estos días yo estoy escribiendo un cuento donde se habla nada menos que de los problemas psi-co-ló-gi-cos de una chica en el momento de la pubertad. No empieces a autotorturarte, ya basta con la verdadera, creo.

—Lo sé, Noemí, lo sé, carajo. Pero siempre es igual, siempre tenemos que reconocer que todo eso sucedió en otro espacio, sucedió en otro tiempo. Nunca estuvimos ni estaremos allí, donde acaso...

(Me acordé de algo leído de chica, quizá en Augustin Thierry, un relato de cuando un santo que vaya a saber cómo se llamaba convirtió al cristianismo a Clodoveo y a su nación, de ese momento en que le estaba describiendo a Clodoveo el flagelamiento y la crucifixión de Jesús, y el rey se alzó en su trono blandiendo su lanza y gritando: «¡Ah, si yo hubiera estado ahí con mis francos!», maravilla de un deseo imposible, la misma rabia impotente del escultor perdido en la lectura.)

5. Patricia Villa, argentina, nacida en Buenos Aires en 1952, periodista, trabajaba en la agencia Inter Press Service, y es hermana de mi nuera.

Hecho: Lo mismo que su prometido, Eduardo Suárez, también periodista, fueron arrestados en septiembre de 1976 y conducidos presos a Coordinación General, de la policía federal de Buenos Aires. Una semana después del secuestro, se le comunica a su madre, que hizo las gestiones legales pertinentes, que lo lamentaban, que había sido un error. Sus cuerpos no han sido restituidos a sus familiares.

6. Irene Mónica Bruschtein Bonaparte de Ginzberg, de 22 años, de profesión artista plás-

tica, casada con Mario Ginzberg, maestro mayor de obras, de 24 años.

Hecho: El día 11 de marzo de 1977, a las 6 de la mañana, llegaron al departamento donde vivían fuerzas conjuntas del Ejército y la policía, llevándose a la pareja y dejando a sus hijitos: Victoria, de dos años y seis meses, y Hugo Roberto, de un año y seis meses, abandonados en la puerta del edificio. Inmediatamente hemos presentado recurso de *habeas corpus*, yo, en el consulado de México, y el padre de Mario, mi consuegro, en la Capital Federal.

He pedido por mi hija Irene y Mario, denunciando esta horrenda secuencia de hechos a: Naciones Unidas, OEA, Amnesty International, Parlamento Europeo, Cruz Roja, etc.

No obstante, hasta ahora no he recibido noticias de su lugar de detención. Tengo una firme esperanza de que todavía estén con vida.

Como madre, imposibilitada de volver a Argentina, por la situación de persecución familiar que he descrito, y como los recursos legales han sido anulados, pido a las instituciones y personas que luchan por la defensa de los derechos humanos, a fin de que se inicie el procedimiento necesario para que me restituyan a mi hija Irene y a su marido Mario, y poder asi salvaguardar las vidas y la libertad de ellos. Firmado, Laura Beatriz Bonaparte Bruschstein. (De «*El País*», octubre de 1978, reproducido en «*Denuncia*», diciembre de 1978.)

El escultor me devolvió el recorte, no dijimos gran cosa porque nos caíamos de sueño, sentí que estaba contento de que yo hubiera aceptado acompañarlo en su libro, sólo entonces me di cuenta de que hasta el final había dudado porque tengo fama de muy ocupada, quizá de egoísta, en todo caso de escritora metida a fondo en lo suyo. Le pregunté si había una parada de taxis cerca y salí a la calle desierta y fría y demasiado ancha para mi gusto en París. Un golpe de viento me obligó a levantarme el cuello del tapado, oía mis pasos taconeando secamente en el silencio, marcando ese ritmo en el que la fatiga y las obsesiones insertan tantas veces una melodía que vuelve y vuelve, o una frase de un poema, sólo me ofrecieron ver sus manos cortadas de su cuerpo y puestas en un frasco, que lleva el número veinticuatro, sólo me ofrecieron ver sus manos cortadas de su cuerpo, reaccioné bruscamente rechazando la marea recurrente, forzándome a respirar hondo, a pensar en mi trabajo del día siguiente; nunca supe por qué había cruzado a la acera de enfrente, sin ninguna necesidad puesto que la calle desembocaba en la plaza de la Chapelle donde tal vez encontraría algún taxi, daba igual seguir por una vereda o la otra, crucé porque sí, porque ni siquiera me quedaban fuerzas para preguntarme por qué cruzaba.

La nena estaba sentada en el escalón de un portal casi perdido entre los otros portales de las casas altas y angostas apenas diferenciables en esa cuadra particularmente oscura. Que a esa hora de la noche y en esa soledad hubiera una nena al borde de un peldaño no me sorprendió tanto como su actitud, una manchita blanquecina con las piernas apretadas y las manos tapándole la cara, algo que también hubiera podido ser un perro o un cajón de basura abandonado a la entrada de la casa. Miré vagamente en torno; un camión se alejaba con sus débiles luces amarillas, en la acera de enfrente un hombre caminaba ligeramente encorvado, la cabeza hundida en el cuello alzado del sobretodo y las manos en los bolsillos. Me detuve, miré de cerca; la nena tenía unas trencitas ralas, una pollera blanca y una tricota rosa, y cuando apartó las manos de la cara le vi los ojos y las mejillas y ni siquiera la semioscuridad podía borrar las lágrimas, el brillo bajándole hasta la boca.

—¿Qué te pasa? ¿Qué hacés ahí?

La sentí aspirar fuerte, tragarse lágrimas y mocos, un hipo o un puchero, le vi la cara de lleno alzada hasta mí, la nariz minúscula y roja, la curva de una boca que temblaba. Repetí las preguntas, vaya a saber qué le dije agachándome hasta sentirla muy cerca.

—Mi mamá —dijo la nena, hablando entre jadeos—. Mi papá le hace cosas a mi mamá.

Tal vez iba a decir más pero sus brazos se tendieron y la sentí pegarse a mí, llorar desesperadamente contra mi cuello; olía a sucio, a bombacha mojada. Quise tomarla en brazos mientras me levantaba pero ella se apartó, mirando hacia la oscuridad del corredor. Me mostraba algo con un dedo, empezó a caminar y la seguí, vislumbrando apenas un arco de piedra y detrás la penumbra, un comienzo de jardín. Silenciosa salió al aire libre, aquello no era un jardín sino más bien un huerto con alambrados bajos que delimitaban zonas sembradas, había bastante luz para ver los almácigos raquíticos, las cañas que sostenían plantas trepadoras, pedazos de trapos como espantapájaros; hacia el centro se divisaba un pabellón bajo remendado con chapas de zinc y latas, una ventanilla de la que salía una luz verdosa. No había ninguna lámpara encendida en las ventanas de los inmuebles que rodeaban el huerto, las paredes negras subían cinco pisos hasta mezclarse con un cielo bajo y nublado.

La nena había ido directamente al estrecho paso entre dos canteros que llevaba a la puerta del pabellón; se volvió apenas para asegurarse de que la seguía, y entró en la barraca. Sé que hubiera debido detenerme ahí y dar media vuelta, decirme que esa niña había soñado un mal sueño y se volvía a la cama, todas las razones de la razón que en ese momento me mostraban el absurdo y acaso el riesgo de meterme a esa hora en casa ajena; tal vez todavía me lo estaba diciendo cuando pasé la puerta entornada y vi a la nena que me esperaba en un vago zaguán lleno de trastos y herramientas de jardín. Una raya de luz se filtraba bajo la puerta del fondo, y la nena me la mostró con la mano y franqueó casi corriendo el resto del zaguán, empezó a abrir imperceptiblemente la puerta. A su lado, recibiendo en plena cara el rayo amarillento de la rendija que se ampliaba poco a poco, olí un olor a quemado, oí algo como un alarido ahogado que volvía y volvía y se cortaba y volvía; mi mano dio un empujón a la puerta y abarqué el cuarto infecto, los taburetes rotos y la mesa con botellas de cerveza y vino, los vasos y el mantel de diarios viejos, más allá la cama y el cuerpo desnudo y amordazado con una toalla manchada, las manos y los pies atados a los parantes de hierro. Dándome la espalda, sentado en un banco, el papá de la nena le hacía cosas a la mamá; se tomaba su tiempo, llevaba lentamente el cigarrillo a la boca, dejaba salir poco a poco el humo de la nariz mientras la brasa del cigarrillo bajaba a apoyarse en un seno de la mamá, permanecía el tiempo que duraban los alaridos sofocados por la toalla envolviendo la boca y la cara salvo los ojos. Antes de comprender, de aceptar ser parte de eso, hubo tiempo para que el papá retirara el cigarrillo y se lo llevara nuevamente a la boca, tiempo de avivar la brasa y saborear el excelente tabaco francés, tiempo para que yo viera el cuerpo quemado desde el vientre hasta el cuello, las manchas moradas o rojas que subían desde los muslos y el sexo hasta los senos donde ahora volvía a apoyarse la brasa con una escogida delicadeza, buscando un espacio de la piel sin cicatrices. El alarido y la sacudida del cuerpo en la cama que crujió bajo el espasmo se mezclaron con cosas y con actos que no escogí y que jamás podré explicarme; entre el hombre de espaldas y yo había un taburete desvencijado, lo vi alzarse en el aire y caer de canto sobre la cabeza del papá; su cuerpo y el taburete rodaron por el suelo casi en el mismo segundo. Tuve que echarme hacia atrás para no caer a mi vez; en el movimiento de alzar el taburete y descargarlo había puesto todas mis fuerzas que en el mismo instante me abandonaban, me dejaban sola como un pelele tambaleante; sé que busqué apoyo sin encontrarlo, que miré vagamente hacia atrás y vi la puerta cerrada, la nena ya no estaba ahí y el hombre en el suelo era una mancha confusa, un trapo arrugado. Lo que vino después pude haberlo visto en una película o leído en un libro, yo estaba ahí como sin estar pero estaba con una agilidad y una intencionalidad que en un tiempo brevísimo, si eso pasaba en el tiempo, me llevó a encontrar un cuchillo sobre la mesa, cortar las sogas que ataban a la mujer, arrancarle la toalla de la cara y verla enderezarse en silencio, ahora perfectamente en silencio como si eso fuera necesario y hasta imprescindible, mirar el cuerpo en el suelo que empezaba a contraerse desde una inconsciencia que no iba a durar, mirarme a mí sin palabras, ir hacia el cuerpo y agarrarlo por los brazos mientras yo le sujetaba las piernas y con un doble envión lo tendíamos en la cama, lo atábamos con las mismas cuerdas presurosamente recompuestas y anudadas, lo atábamos y lo amordazábamos dentro de ese silencio donde algo parecía vibrar y temblar en un sonido ultrasónico. Lo que sigue no lo sé, veo a la mujer siempre desnuda, sus manos arrancando pedazos de ropa, desabotonando un pantalón y bajándolo hasta arrugarlo contra los pies, veo sus ojos en los míos, un solo par de ojos desdoblados y cuatro manos arrancando y rompiendo y desnudando, chaleco y camisa y slip, ahora que tengo que recordarlo y que tengo que escribirlo mi maldita condición y mi dura memoria me traen otra cosa indeciblemente vivida pero no vista, un pasaje de un cuento de Jack London en el que un trampero del norte lucha por ganar una muerte limpia mientras a su lado, vuelto una cosa sanguinolenta que todavía guarda un resto de conciencia, su camarada de aventuras aúlla y se retuerce torturado por las mujeres de la tribu que hacen de él una horrorosa prolongación de vida entre espasmos y alaridos, matándolo sin matarlo, exquisitamente refinadas en cada nueva variante jamás descrita pero ahí, como nosotras ahí jamás descritas y haciendo lo que debíamos, lo que teníamos que hacer. Inútil preguntarse ahora por qué estaba yo en eso, cuál era mi derecho y mi parte en eso que sucedía bajo mis ojos que sin duda vieron, que sin duda recuerdan como la imaginación de London debió ver y recordar lo que su mano no era capaz de escribir. Sólo sé que la nena no estaba con nosotras desde mi entrada en la pieza, y que ahora la mamá le hacía cosas al papá, pero quién sabe si solamente la mamá o si eran otra vez las ráfagas de la noche, pedazos de imágenes volviendo desde un recorte de diario, las manos cortadas de su cuerpo y puestas en un frasco que lleva el número 24; por informantes no oficiales nos hemos enterado que falleció súbitamente en los comienzos de la tortura, la toalla en la boca, los cigarrillos encendidos, y Victoria, de dos años y seis meses, y Hugo Roberto, de un año y seis meses, abandonados en la puerta del edificio. Cómo saber cuánto duró, cómo entender que también yo, también yo aunque me creyera del buen lado también yo, cómo aceptar que también yo ahí del otro lado de manos cortadas y de fosas comunes, también yo del otro lado de las muchachas torturadas y fusiladas esa misma noche de Navidad, el resto es un dar la espalda, cruzar el huerto golpeándome contra un alambrado y abriéndome una rodilla, salir a la calle helada y desierta y llegar a la Chapelle y encontrar casi en seguida el taxi que me trajo a un vaso tras otro de vodka y a un sueño del que me desperté a mediodía, cruzada en la cama y vestida de pies a cabeza, con la rodilla sangrante y ese dolor de cabeza acaso providencial que da la vodka pura cuando pasa del gollete a la garganta.

Trabajé toda la tarde, me parecía inevitable y asombroso ser capaz de concentrarme hasta ese punto; al anochecer llamé por teléfono al escultor que parecía sorprendido por mi temprana reaparición, le conté lo que me había pasado, se lo escupí de un solo tirón que él respetó aunque por momentos lo oía toser o intentar un comienzo de pregunta.

—De modo que ya ves —le dije—, ya ves que no me ha llevado demasiado tiempo darte lo prometido.

—No entiendo —dijo el escultor—. Si querés decir el texto sobre...

—Sí, quiero decir eso. Acabo de leértelo, ése es el texto. Te lo mandaré apenas lo haya pasado en limpio, no quiero tenerlo más aquí.

Dos o tres días después, vividos en una bruma de pastillas y tragos y discos, cualquier cosa que fuera una barricada, salí a la calle para comprar provisiones, la heladera estaba vacía y Mimosa maullaba al pie de mi cama. Encontré una carta en el buzón, la gruesa escritura del escultor en el sobre. Había una hoja de papel y un recorte de diario, empecé a leer mientras caminaba hacia el mercado y sólo después me di cuenta de que al abrir el sobre había desgarrado y perdido una parte del recorte. El escultor me agradecía el texto para su álbum, insólito pero al parecer muy mío, fuera de todas las costumbres usuales en los álbumes artísticos aunque eso no le importaba como sin duda no me había importado a mí. Había una posdata: «En vos se ha perdido una gran actriz dramática, aunque por suerte se salvó una excelente escritora. La otra tarde creí por un momento que me estabas contando algo que te había pasado de veras, después por casualidad leí *France-Soir* del que me permito recortarte la fuente de tu notable experiencia personal. Es cierto que un escritor puede argumentar que si su inspiración le viene de la realidad, e incluso de las noticias de policía, lo que él es capaz de hacer con eso lo potencia a otra dimensión, le da un valor diferente. De todas maneras, querida Noemí, somos demasiado amigos como para que te haya parecido necesario condicionarme por adelantado a tu texto y desplegar tus talentos dramáticos en el teléfono. Pero dejémoslo así, ya sabés cuánto te agradezco tu cooperación y me siento muy feliz de...»

Miré el recorte y vi que lo había roto inadvertidamente, el sobre y el pedazo pegado a él estarían tirados en cualquier parte. La noticia era digna de *France-Soir* y de su estilo: drama atroz en un suburbio de Marsella, descubrimiento macabro de un crimen sádico, ex plomero atado y amordazado en un camastro, el cadáver etcétera, vecinos furtivamente al tanto de repetidas escenas de violencia, hija pequeña ausente desde días atrás, vecinos sospechando abandono, policía busca concubina, el horrendo espectáculo que se ofreció a los, el recorte se interrumpía ahí, al fin y al cabo al mojar demasiado el cierre del sobre el escultor había hecho lo mismo que Jack London, lo mismo que Jack London y que mi memoria; pero la foto del pabellón estaba entera y era el pabellón en el huerto, los alambrados y las chapas de zinc, las altas paredes rodeándolo con sus ojos ciegos, vecinos furtivamente al tanto, vecinos sospechando abandono, todo ahí golpeándome la cara entre los pedazos de la noticia.

Tomé un taxi y me bajé en la calle Riquet, sabiendo que era una estupidez y haciéndolo porque así se hacen las estupideces. En pleno día eso no tenía nada que ver con mi recuerdo y aunque caminé mirando cada casa y crucé a la acera opuesta como recordaba haberlo hecho, no reconocí ningún portal que se pareciera al de esa noche, la luz caía sobre las cosas como una infinita máscara, portales pero no como el portal, ningún acceso a un huerto interior, sencillamente porque ese huerto estaba en los suburbios de Marsella. Pero la nena sí estaba, sentada en el escalón de una entrada cualquiera jugaba con una muñeca de trapo. Cuando le hablé se escapó corriendo hasta la primera puerta, una portera vino antes de que yo pudiera llamar. Quiso saber si era una asistenta social, seguro que venía por la nena que ella había encontrado perdida en la calle, esa misma mañana habían estado unos señores para identificarla, una asistenta social vendría a buscarla. Aunque ya lo sabía, antes de irme pregunté por su apellido, después me metí en un café y al dorso de la carta del escultor le escribí el final del texto y fui a pasarlo por debajo de su puerta, era justo que conociera el final, que el texto quedara completo para acompañar sus esculturas.

TANGO DE VUELTA

Le hasard meurtrier se drasse au coin de la première rue.
Au retour l'heure-couteau attend

MARCEL BÉLANGER, *Nu et noir*

Uno se va contando despacito las cosas, imaginándolas al principio a base de Flora o una puerta que se abre o un chico que grita, después esa necesidad barroca de la inteligencia que la lleva a rellenar cualquier hueco hasta completar su perfecta telaraña y pasar a algo nuevo. Pero cómo no decirse que a lo mejor, alguna que otra vez, la telaraña mental se ajusta hilo por hilo a la de la vida, aunque decirlo venga de un puro miedo, porque si no se creyera un poco en eso ya no se podría seguir haciendo frente a las telarañas de afuera. Flora entonces, todo lo que me fue contando de a poco cuando nos juntamos, por supuesto ya no trabajaba en la casa de la señora Matilde (siempre la llamó así aunque ahora no tenía por qué seguirle dando esa seña de respeto, de sirvienta para todo servicio) y a mí me gustaba que me contara recuerdos de su pasado de chinita riojana bajando a la capital con grandes ojos asustados y unos pechitos que al fin y al cabo le iban a valer más en la vida que tanto plumero y buena conducta. A mí me gusta escribir para mí, tengo cuadernos y cuadernos, versos y hasta una novela, pero lo que me gusta es escribir y cuando termino es como cuando uno se va dejando resbalar de lado después del goce, viene el sueño y al otro día ya hay otras cosas que te golpean en la ventana, escribir es eso, abrirles los postigos y que entren, un cuaderno detrás de otro; yo trabajo en una clínica, no me interesa que lean lo que escribo, ni Flora ni nadie; me gusta cuando se me acaba un cuaderno porque es como si hubiera publicado todo eso, pero no se me ocurre publicarlo, algo golpea en la ventana y así vamos de nuevo, lo mismo una ambulancia que un nuevo cuaderno. Por eso Flora me contó tantas cosas de su vida sin imaginarse que después yo las revisaba despacito entre dos sueños y algunas las pasaba a un cuaderno, Emilio y Matilde pasaron al cuaderno porque eso no podía quedarse solamente en un llanto de Flora y pedazos de recuerdos, nunca me habló de Emilio y de Matilde sin llorar al final, yo la dejaba tranquila unos días, le alentaba otros recuerdos y en una de ésas le sacaba de nuevo aquello y Flora se precipitaba como si ya se hubiera olvidado de todo lo que me llevaba dicho, empezaba de nuevo y yo la dejaba porque más de una vez la memoria le iba trayendo cosas todavía no dichas, pedacitos ajustables a los otros pedacitos, y por mi parte yo iba viendo nacer los puntos de sutura, la unión de tanta cosa suelta o presumida, rompecabezas del insomnio o de la hora del mate delante del cuaderno, llegó el día en que me hubiera sido imposible distinguir entre lo que me contaba Flora y lo que ella y yo mismo habíamos ido agregando porque los dos, cada uno a su manera, necesitábamos como todo el mundo que aquello se completara, que el último agujero recibiera al fin la pieza, el color, el final de una línea viniendo de una pierna o de una palabra o de una escalera.

Como soy muy convencional, prefiero agarrar desde el principio, y además cuando escribo veo lo que estoy escribiendo, lo veo realmente, lo estoy viendo a Emilio Díaz la mañana en que llegó a Ezeiza desde México y bajó a un hotel de la calle Cangallo, se pasó dos o tres días dando vueltas por barrios y cafés y amigos de otros tiempos, evitando ciertos encuentros pero tampoco escondiéndose demasiado porque en ese momento no tenía nada que reprocharse. Probablemente estudiaba despacio el terreno en Villa del Parque, caminaba por Melincué y General Artigas, buscaba un hotel o una pensión baratieri, se instalaba sin apuro, tomando mate en la pieza y yendo a los boliches o al cine por la noche. No tenía nada de fantasma pero hablaba poco y con pocos, caminaba sobre suelas de goma y se vestía con una campera negra y pantalones terrosos, los ojos rápidos para el quite y el despegue, algo que la dueña de la pension llamaría furtividad; no era un fantasma pero se lo sentía lejos, la soledad lo rodeaba como otro silencio, como el pañuelo blanco en el cuello, el humo del faso pocas veces lejos de esos labios casi demasiado finos.

Matilde lo vio por primera vez —por esta nueva primera vez— desde la ventana del dormitorio en los altos. Flora andaba de compras y se había llevado a Carlitos para que no lloriqueara de aburrimiento a la hora de la siesta, hacía el calor espeso de enero y Matilde buscaba aire en la ventana, pintándose las uñas como le gustaban a Germán, aunque Germán andaba por Catamarca y se había llevado el auto y Matilde se aburría sin el auto para ir al centro o a Belgrano, la ausencia de Germán era ya costumbre pero el auto le seguía doliendo cuando él se lo llevaba. Le había prometido otro para ella sola cuando se fusionaran las empresas, a ella se le escapaban esas cosas de negocios salvo que por lo visto todavía no se habían fusionado, a la noche iría al cine con Perla, pediría un remise, cenarían en el centro, total el garage le pasaba la cuenta del remise a Germán, Carlitos estaba con una erupción en las piernas y habría que llevarlo al pediatra, la sola idea le daba más calor, Carlitos haciendo escenas, aprovechando que no estaba el padre para darle un par de cachetadas, increíble ese chico cómo chantajeaba cuando se iba Germán, apenas si Flora con arrumacos y helados, también Perla y ella tomarían helados después del cine. Lo vio junto a un árbol, a esa hora las calles estaban vacías bajo la doble sombra del follaje juntándose en lo alto; la figura se recortaba al lado de un tronco, un poco de humo le subía por la cara. Matilde se echó atrás, golpeándose la espalda en un sillón, ahogando un alarido con las manos oliendo a barniz malva, refugiándose contra la pared en el fondo de la pieza.

«Milo», pensó, si eso era pensar, ese instantáneo vómito de tiempo y de imágenes. «Es Milo.» Cuando fue capaz de asomarse desde otra ventana ya no había nadie en la esquina de enfrente, dos chicos venían a lo lejos jugando con un perro negro. «Me ha visto», pensó Matilde. Si era él había visto, estaba ahí para verla, estaba ahí y no en cualquier otra esquina, contra cualquier otro árbol. Claro que la había visto porque si estaba ahí era porque sabía dónde quedaba la casa. Y que se hubiera ido en el instante de ser reconocido, de verla retroceder tapándose la boca, era todavía peor, la esquina se llenaba de un vacío donde la duda no servía de nada, donde todo era certeza y amenaza, el árbol solo, el aire en el follaje.

Volvió a verlo al caer la tarde, Carlitos jugaba con su tren eléctrico y Flora canturreaba bagualas en la planta baja, la casa de nuevo habitada parecía protegerla, ayudarla a dudar, a decirse que Milo era más alto y más robusto, que tal vez la modorra de la siesta, la luz cegadora. Cada tanto se alejaba del televisor y desde lo más lejos posible miraba por una ventana, nunca la misma pero siempre en los altos porque al nivel de la calle hubiera tenido más miedo. Cuando volvió a verlo estaba casi en el mismo sitio pero del otro lado del tronco, anochecía y la silueta se desdibujaba entre otras gentes que pasaban hablando, riendo, Villa del Parque saliendo de su letargo y yéndose a los cafés y a los cines, empezando lentamente la noche del barrio. Era él, no podía negárselo, ese cuerpo sin cambios, el gesto del brazo alzando el cigarrillo a la boca, las puntas del pañuelo blanco, era Milo que ella había matado cinco años atrás después de escaparse de México, Milo que ella había matado en papeles fabricados con coimas y complicidades en un estudio de Lomas de Zamora donde le quedaba un amigo de infancia que hacía cualquier cosa por plata pero acaso también por amistad, Milo que ella había matado de una crisis cardíaca en México para Germán, porque Germán no era hombre de aceptar otra cosa, Germán y su carrera, sus colegas y su club y sus padres, Germán para casarse y fundar una familia, el chalet y Carlitos y Flora y el auto y el campo en Manzanares, Germán y tanta plata, la seguridad, entonces decidirse casi sin pensarlo, harta de miseria y espera, al final del segundo encuentro con Germán en casa de los Recanati, el viaje a Londres de Zamora para confiarse al que primero había dicho no, que era una enormidad, que no se podía hacer, que muchos pesos, que bueno, que en quince días, que de acuerdo, Emilio Díaz muerto en México de una crisis cardíaca, casi la verdad porque ella y Milo habían vivido como muertos en esos últimos meses en Coyoacán, hasta ese avión que la había devuelto a lo suyo en Buenos Aires, a todo eso que también había sido de Milo antes de irse juntos a México y deshacerse poco a poco en una guerra de silencios y de engaños y de estúpidas reconciliaciones que no servían de nada, los telones para el nuevo acto, para una nueva noche de cuchillos largos.

El cigarrillo se seguía quemando lentamente en la boca de Milo apoyado en el tronco, mirando sin apuro las ventanas de la casa. «Cómo ha podido saber», pensó Matilde agarrándose todavía a ese absurdo de seguir pensando algo que estaba ahí pero fuera o delante de cualquier pensamiento. Claro que había terminado por saberlo, por descubrir que estaba muerto en Buenos Aires porque en Buenos Aires estaba muerto en México, saberlo lo habría humillado y golpeado hasta la primera hojarasca de la rabia chicoteándole la cara, tirándolo a un avión de vuelta, guiándolo por un dédalo de averiguaciones previsibles, acaso el Cholo o Marina, acaso la madre de los Recanati, los viejos apeaderos, los cafés de la barra, los pálpitos y por ahí la noticia segura, se casó con Germán Morales, che, pero decime un poco cómo es posible, te digo que se casó por iglesia y todo, los Morales ya sabés, la industria textil y la guita, el respeto, viejo, el respeto, pero decime cómo es posible si ella había dicho, si nosotros creíamos que vos, no puede ser, hermano. Claro que no podía ser y por eso era todavía más, era Matilde detrás de la cortina espiándolo, el tiempo inmovilizado en un presente que lo contenía todo, México y Buenos Aires y el calor de la siesta y el cigarrillo que subía una y otra vez a la boca, en algún momento de nuevo la nada, la esquina hueca, Flora llamándola porque Carlitos no se dejaba bañar, el teléfono con Perla inquieta, esta noche no, Perla, debe ser el estómago, andá sola o con la Negra, me duele bastante, mejor me acuesto y mañana te llamo, y todo el tiempo no, no puede ser así, cómo es que no le avisaron ya a Germán si sabían, no es por ellos que encontró la casa, no puede ser por ellos, la madre de los Recanati lo hubiera llamado en seguida a Germán nada más que por el drama, por ser la primera en anunciarlo porque nunca la había aceptado como mujer de Germán, fijate qué horror, bigamia, yo siempre dije que no era de fiar, pero nadie había llamado a Germán o a lo mejor sí pero a la oficina y Germán ya viajaba lejos, seguro que la madre de los Recanati lo esperaba para decírselo en persona, para no perderse nada, ella o cualquier otro, de alguien había sabido Milo dónde vivía Germán, no podía haber encontrado el chalet por casualidad, no podía estar ahí fumando contra un árbol por casualidad. Y si de nuevo ya no estaba era igual, y cerrar todas las puertas con doble llave era igual aunque Flora se asombrara un poco, lo único seguro eran las pastillas para dormir, para al final de horas y horas dejar de pensar y perderse en una modorra rota por sueños donde nunca Milo pero ya de mañana el alarido al sentir la mano de Carlitos que había querido darle una sorpresa, el llanto de Carlitos ofendido y Flora llevándoselo a la calle, cerrá bien la puerta, Flora. Levantarse y verlo de nuevo, ahí mirando directamente las ventanas sin el menor gesto, echarse atrás y más tarde espiar desde la cocina y nada, empezar a darse cuenta de que estaba encerrada en la casa y que eso no podía seguir así, que en algún momento tendría que salir para llevar a Carlitos al pediatra o encontrarse con Perla que telefoneaba cada día y se impacientaba y no comprendía. En la tarde anaranjada y asfixiante Milo recostado en el árbol, la campera negra con ese calor, el humo subiendo y desflecándose. O solamente el árbol pero lo mismo Milo, lo mismo Milo a cualquier hora borrándose apenas un poco con las pastillas y la televisión hasta el último programa.

Al tercer día Perla vino sin avisar, té y scones y Carlitos, Flora aprovechando un momento a solas para decirle a Perla que eso no podía ser, la señora Matilde necesita distraerse, se pasa los días encerrada, yo no entiendo, señorita Perla, se lo digo a usted aunque no me corresponde, y Perla sonriéndole en el office hacés bien, m'hijita, yo sé que los querés mucho a Matilde y a Carlitos, yo creo que está muy deprimida por la ausencia de Germán y Flora nada, bajando la cabeza, la señora necesita distracción, yo solamente se lo digo aunque no me corresponde. Un té y los chismes de siempre, nada en Perla que pudiera hacerla sospechar, pero entonces cómo Milo había podido, imposible imaginar que la madre de los Recanati se quedara callada tanto tiempo si sabía, ni siquiera por el gusto de esperarlo a Germán y decírselo en nombre de Cristo o algo así, te engañó para que la llevaras al altar, exactamente así diría esa bruja y Germán cayéndose de las nubes, no puede ser, no puede ser. Pero sí podía ser, solamente que ahora a ella no le quedaba ni siquiera esa confirmación de que no había soñado, que bastaba ir hasta la ventana pero con Perla no, otra taza de té, mañana vamos al cine, te prometo, vení a buscarme en auto, no sé lo que me pasa en estos días, mejor vení en auto y vamos al cine, la ventana ahí al lado del sillón pero no con Perla, esperar a que Perla se fuera y entonces Milo en la esquina, tranquilo contra una pared como si esperara el colectivo, la campera negra y el pañuelo al cuello y después nada hasta otra vez Milo.

Al quinto día lo vio seguir a Flora que iba a la tienda y todo se hizo futuro, algo como las páginas que le faltaban en esa novela abandonada boca abajo en un sofá, algo ya escrito y que ni siquiera era necesario leer porque ya estaba cumplido antes de la lectura, ya había ocurrido antes de que ocurriera en la lectura. Los vio volver charlando, Flora tímida y como desconfiada, despidiéndose en la esquina y cruzando rápido. Perla vino en auto a buscarla, Milo no estaba ahí y tampoco estuvo cuando volvieron tarde en la noche pero por la mañana lo vio esperándola a Flora que iba al mercado, ahora se le acercaba directamente y Flora le daba la mano, se reían y él le tomaba el canasto y después lo traía con la verdura y la fruta, la acompañaba hasta la puerta, Matilde dejaba de verlos por la saliente del balcón sobre la vereda pero Flora tardaba en entrar, se quedaban un rato charlando delante de la puerta. Al otro día Flora llevó a Carlitos de compras y los vio a los tres riéndose y Milo le pasaba la mano por el pelo a Carlitos, a la vuelta Carlitos traía un león de pana y dijo que el novio de Flora se lo había regalado. Entonces tenés novio, Flora, las dos a solas en el living. No sé, señora, él es tan simpático, nos encontramos así de repente, me acompañó de compras, es tan bueno con Carlitos, a usted no le molesta, señora, verdad. Decirle que no, que eso era cosa suya pero que tuviera cuidado una chica tan joven, y Flora bajando los ojos y claro, señora, él solamente me acompaña y hablamos, tiene un restaurante en Almagro, se llama Simón. Y Carlitos con una revista en colores, me la compró Simón, mamá, es el novio de Flora.

Germán telefoneó desde Salta anunciando que volvería en unos diez días, cariños, todo bien. El diccionario decía bigamia, matrimonio contraído después de haber enviudado, por el cónyuge sobreviviente. Decía estado del hombre casado con dos mujeres o de la mujer casada con dos hombres. Decía bigamia interpretativa, según los canonistas, la adquirida por el matrimonio contraído con mujer que ha perdido la virginidad, por haberse prostituido, o por haberse declarado nulo su primer matrimonio. Decía bígamo, que se casa por segunda vez sin haber muerto el primer cónyuge. Había abierto el diccionario sin saber por qué, como si eso pudiera cambiar algo, sabía que era imposible cambiar nada, imposible salir a la calle y hablar con Milo, imposible asomarse a la ventana y llamarlo con un gesto, imposible decirle a Flora que Simón no era Simón, imposible quitarle a Carlitos el león de pana y la revista, imposible confiarse a Perla, solamente estar ahí viéndolo, sabiendo que la novela tirada en el sofá estaba escrita hasta la palabra fin, que no podía alterar nada, la leyera o no, aunque la quemara o la hundiera en el fondo de la biblioteca de Germán. Diez días y entonces sí pero qué, Germán volviendo a la oficina y a los amigos, la madre de los Recanati o el Cholo, cualquiera de los amigos de Milo que le habían dado las señas de la casa, tengo que hablar, con vos, Germán, es algo muy grave, hermano, las cosas irían sucediendo una detrás de otra, primero Flora con las mejillas coloradas, señora a usted no le molesta que Simón venga esta tarde a tomar el café en la cocina conmigo, solamente un ratito. Claro que no le molestaba, cómo hubiera podido molestarle si era a plena luz y por un rato, Flora tenía todo el derecho de recibirlo en la cocina y darle un café, como Carlitos de bajar a jugar con Simón que le había traído un pato de cuerda que caminaba y todo. Quedarse arriba hasta escuchar el golpe de la puerta, Carlitos subiendo con el pato y Simón me dijo que él es de River, qué macana, mamá, yo soy de San Lorenzo, mirá lo que me regaló, mirá cómo anda, pero mirá, mamá, parece un pato de veras, me lo regaló Simón que es el novio de Flora, por qué no bajaste para conocerlo.

Ahora podía asomarse a las ventanas sin las lentas inútiles precauciones, Milo ya no se detenía junto al árbol, cada tarde llegaba a las cinco y se quedaba media hora en la cocina con Flora y casi siempre Carlitos, a veces Carlitos subía antes de que se fuera y Matilde sabía por qué, sabía que en esos pocos minutos en que se quedaban solos se preparaba lo que tenía que suceder, lo que estaba ya ahí como en la novela abierta sobre el sofá, se preparaba en la cocina, en la casa de alguien que podía ser cualquiera, la madre de los Recanati o el Cholo, habían pasado ocho días y Germán telefoneando desde Córdoba para confirmar el regreso, anunciar alfajores para Carlitos y una sorpresa para Matilde, se tomaría cinco días de descanso en casa, podrían salir, ir a los restaurantes, andar a caballo en el campo de Manzanares. Esa noche le telefoneó a Perla nada más que para escucharla hablar, colgarse de su voz durante una hora hasta no poder más porque Perla empezaba a darse cuenta de que todo eso era artificial, que a Matilde le pasaba algo, tendrían que ir a ver al analista de Graciela, se te nota rara, Matilde, haceme caso. Cuando colgó no pudo ni siquiera acercarse a la ventana, sabía que esa noche ya era inútil, que no vería a Milo en la esquina ya oscura. Bajó a la cocina para estar con Carlitos mientras Flora le servía la cena, lo escuchó protestar contra la sopa aunque Flora la miraba esperando que interviniera, que la ayudara antes de llevarlo a la cama mientras Carlitos se resistía y se empecinaba en quedarse en el salón jugando con el pato y mirando la televisión. Toda la planta baja era como una zona diferente; nunca había comprendido demasiado que Germán insistiera en poner el dormitorio de Carlitos al lado del salón, tan lejos de ellos arriba, pero Germán no aceptaba ruidos por la mañana, que Flora preparara a Carlitos para la escuela y Carlitos gritara o cantara, lo besó en la puerta del dormitorio y volvió a la cocina aunque ya no tenía nada que hacer ahí, miró la puerta que daba a la pieza de Flora, se acercó y tocó el picaporte, la abrió un poco y vio la cama de Flora, el armario con las fotos de los rockers y de Mercedes Sosa, le pareció que Flora salía del dormitorio de Carlitos y cerró de golpe, se puso a mirar en la heladera. Le hice hongos como a usted le gustan, señora Matilde, le subo la cena dentro de media hora ya que no va a salir, le tengo también un dulce de zapallo que me salió muy bueno, como en mi pueblo, señora Matilde.

La escalera estaba mal iluminada pero los peldaños eran pocos y anchos, se subía casi sin mirar, la puerta del dormitorio entornada con una faja de luz rompiéndose en el rellano encerado. Ya llevaba días comiendo en la mesita al lado de la ventana, el salón de abajo era tan solemne sin Germán, en una bandeja cabía todo y Flora ágil, casi gustándole que la señora Matilde comiera arriba ahora que el señor estaba de viaje, se quedaba con ella y hablaban un poco y a Matilde le hubiera gustado que Flora comiera con ella pero Carlitos se lo hubiera dicho a Germán y Germán el discurso sobre las distancias y el respeto, la misma Flora hubiera tenido miedo porque Carlitos terminaba siempre sabiendo cualquier cosa y se lo hubiera contado a Germán. Y ahora de qué hablarle a Flora cuando lo único posible era buscar la botella que había escondido detrás de los libros y beber medio vaso de whisky de un golpe, ahogarse y jadear y volver a servirse y beber, casi al lado de la ventana abierta sobre la noche, sobre la nada de ahí afuera donde nada iba a suceder, ni siquiera la repetición de la sombra junto al árbol, la brasa del cigarrillo subiendo y bajando como una señal indescifrable, perfectamente clara.

Tiró los hongos por la ventana mientras Flora preparaba la bandeja con el postre, la oyó subir con ese algo de cascabel o de potrillo de Flora subiendo la escalera, le dijo que los hongos estaban riquísimos, encomió el color del dulce de zapallo, pidió un café doble y fuerte y que le subiera otro atado de cigarrillos del salón. Hace calor, señora Matilde, esta noche hay que dejar bien abiertas las ventanas, yo echaré insecticida antes de acostarnos, ya le puse a Carlitos, se durmió en seguida y eso que usté lo vio cómo protestaba, le falta el papá, pobrecito, y eso que Simón le estuvo contando cuentos por la tarde. Dígame si precisa algo, señora Matilde, me gustaría acostarme temprano si usté permite. Por supuesto que lo permitía aunque Flora nunca le había dicho una cosa así, terminaba su trabajo y se encerraba en su pieza para escuchar la radio o tejer, la miró un momento y Flora le sonreía contenta, levantaba la bandeja del café y bajaba a buscar el insecticida, mejor se lo dejo aquí en la cómoda, señora Matilde, usté misma lo pone antes de acostarse porque digan lo que digan huele feo, mejor cuando se esté preparando para acostarse. Cerró la puerta, el potrillo bajó liviano la escalera, un último resonar de vajilla; la noche empezó exactamente en ese segundo en que Matilde iba hasta la biblioteca para sacar la botella y traerla al lado del sillón.

La luz de la lámpara baja llegaba apenas hasta la cama en el fondo del dormitorio, confusamente se veía una de las mesas de luz y el sofá donde había quedado abandonada la novela, pero ya no estaba, después de tantos días Flora se habría decidido a ponerla sobre el estante vacío de la biblioteca. En el segundo whisky Matilde oyó sonar las diez en algún campanario lejano, pensó que nunca había oído antes esa campana, contó cada toque y miró el teléfono, a lo mejor Perla pero no, Perla a esa hora no, siempre lo tomaba mal o no estaba. O Alcira, llamarla a Alcira y decirle, solamente decirle que tenía miedo, que era estúpido pero si acaso Mario no había salido con el coche, algo así. No oyó abrirse la puerta de entrada pero daba igual, era absolutamente seguro que la puerta de entrada se estaba abriendo o iba a abrirse y no se podía hacer nada, no se podia salir al rellano iluminándolo con la luz del dormitorio y mirar hacia el salón, no se podía tocar la campanilla para que viniera Flora, el insecticida estaba ahí, el agua también ahí para los remedios y la sed, la cama abierta esperando. Fue a la ventana y vio la esquina vacía; tal vez si se hubiera asomado antes habría visto a Milo acercándose, cruzar la calle y desaparecer bajo el balcón, pero hubiera sido todavía peor, qué podía ella gritarle a Milo, como detenerlo si iba a entrar en la casa, si Flora le iba a abrir para recibirlo en su pieza, Flora todavía peor que Milo en ese momento, Flora que se enteraría de todo, que se vengaría de Milo vengándose en ella, revolcándola en el barro, en Germán, tirándola en el escándalo. No quedaba la menor posibilidad de nada pero tampoco podía ser ella la que gritara la verdad, en pleno imposible le quedaba una absurda esperanza de que Milo viniera solamente por Flora, que un increíble azar le hubiera mostrado a Flora por fuera de lo otro, que esa esquina hubiera sido cualquier esquina para Milo de vuelta en Buenos Aires, de Milo sin saber que ésa era la casa de Germán, sin saber que estaba muerto allá en México, de Milo sin buscarla por encima del cuerpo de Flora. Tambaleándose borracha fue hasta la cama, se arrancó la ropa que se le pegaba a la piel, desnuda se volcó de lado en la cama y buscó el tubo de pastillas, el último puerto rosa y verde al alcance de la mano. Las pastillas salían difícilmente y Matilde las iba juntando en la mesa de luz sin mirarlas, los ojos perdidos en la estantería donde estaba la novela, la veía muy bien boca abajo en el único estante vacío donde Flora la había puesto sin cerrarla, veía el cuchillo malayo que el Cholo le había regalado a Germán, la bola de cristal sobre su zócalo de terciopelo rojo. Estaba segura de que la puerta se había abierto abajo, que Milo había entrado en la casa, en la pieza de Flora, que estaría hablando con Flora o ya habría empezado a desnudarla porque para Flora ésa tenía que ser la única razón de que Milo estuviera ahí, que ganara el acceso a su pieza para desnudarla y desnudarse besándola, dejame, dejame acariciarte así, y Flora resistiéndose y hoy no, Simón, tengo miedo, dejame, pero Simón sin apuro, poco a poco la había tendido cruzada en la cama y la besaba en el pelo, le buscaba los senos bajo la blusa, le apoyaba una pierna sobre los muslos y le sacaba los zapatos como jugando, hablándole al oído y besándola cada vez más cerca de la boca, te quiero, mi amor, dejame desvestirte, dejame que te vea, sos tan linda, corriendo la lámpara para envolverla en penumbra y caricias, Flora abandonándose con un primer llanto, el miedo de que algo se oyera arriba, que la señora Matilde o Carlitos, pero no, hablá bajo, dejame así ahora, la ropa cayendo en cualquier lado, las lenguas encontrándose, los gemidos, no me hagás mal, Simón, por favor no me hagás mal, es la primera vez, Simón, ya sé, quedate así, callate ahora, no grites, mi amor, no grites.

Gritó pero en la boca de Simón que sabía el momento, que le tenía la lengua entre los dientes y le hundía los dedos en el pelo, gritó y después lloró bajo las manos de Simón que le tapaban la cara acariciándola, se ablandó con un último mamá, mamá, un quejido que iba pasando a un jadeo y a un llanto dulce y callado, a un querido, querido, la blanda estación de los cuerpos fundidos, del aliento caliente de la noche. Mucho más tarde, después de dos cigarrillos contra un apoyo de almohadas, de toalla entre los muslos llenos de vergüenza, las palabras, los proyectos que Flora balbuceaba como en un sueño, la esperanza que Simón escuchaba sonriéndole, besándola en los senos, andándole con una lenta araña de dedos por el vientre, dejándose ir, amodorrándose, dormite ahora un rato, yo voy al baño y vuelvo, no necesito luz, soy como un gato de noche, ya sé dónde está, y Flora pero no, si te oyen, Simón, no seas sonsa, ya te dije que soy como un gato y sé dónde está la puerta, dormite un momento que ya vengo, así, bien quietita.

Cerró la puerta como agregando otro poco de silencio a la casa, desnudo atravesó la cocina y el salón, enfrentó la escalera y puso el pie en el primer peldaño, tanteándolo. Buena madera, buena casa la de Germán Morales. En el tercer peldaño vio marcarse la raya de luz bajo la puerta del dormitorio; subió los otros cuatro peldaños y puso la mano en el picaporte, abrió la puerta de un solo envión. El golpe contra la cómoda le llegó a Carlitos desde un sueño intranquilo, se enderezó en la cama y gritó, muchas veces gritaba de noche y Flora se levantaba para calmarlo, para darle agua antes de que Germán se despertara protestando. Sabía que era necesario hacer callar a Carlitos porque Simón no había vuelto todavía, tenía que calmarlo antes de que la señora Matilde se inquietara, se envolvió con la sábana y corrió a la pieza de Carlitos, lo encontró sentado al pie de la cama mirando al aire, gritando de miedo, lo levantó en brazos hablándole, diciéndole que no, que ella estaba ahí, que le iba a dejar la luz prendida, oyó el grito incomprensible y salió al salón con Carlitos en brazos, la escalera iluminada por la luz de arriba, llegó al pie de la escalera y los vio en la puerta tambaleándose, los cuerpos desnudos vueltos una sola masa que se desplomaba lentamente en el rellano, que resbalaba por los peldaños, que sin desprenderse rodaba escalera abajo en una maraña confusa hasta detenerse inmóvil en la alfombra del salón, el cuchillo en el pecho de Simón boca arriba y Matilde, pero eso lo mostraría después la autopsia, con las pastillas necesarias para matarla dos horas más tarde, cuando yo ya estaba ahí con la ambulancia y le ponía una inyección a Flora para sacarla de la histeria, le daba un sedante a Carlitos y le pedía a la enfermera que se quedara hasta que llegaran los parientes o los amigos.

III

Clone

Graffiti

Historias que me cuento

Anillo de Moebius

CLONE

Todo parece girar en torno a Gesualdo, si tenía derecho a hacer lo que hizo o si se vengó en su mujer de algo que hubiera debido vengar en sí mismo. Entre dos ensayos, bajando al bar del hotel para descansar un rato, Paola discute con Lucho y Roberto, los otros juegan canasta o suben a sus habitaciones. Tuvo razón, se obstina Roberto, entonces y ahora es lo mismo, su mujer lo engañaba y él la mató, un tango más, Paolita. Tu grilla de macho, dice Paola, los tangos, claro, pero ahora hay mujeres que también componen tangos y ya no se canta siempre la misma cosa. Habría que buscar más adentro, insinúa Lucho el tímido, no es tan fácil saber por qué se traiciona y por qué se mata. En Chile puede ser, dice Roberto, ustedes son tan refinados, pero nosotros los riojanos meta facón nomás. Ríen, Paola quiere gin tonic, es cierto que habría que buscar más atrás, más abajo, Carlo Gesualdo encontró a su mujer en la cama con otro hombre y los mató o los hizo matar, ésa es la noticia de policía o el *flash* de las doce y media, todo el resto (pero seguramente en el resto se esconde la verdadera noticia) habría que buscarlo y no es fácil después de cuatro siglos. Hay mucha bibliografía sobre Gesualdo, recuerda Lucho, si te interesa tanto averígualo cuando volvamos a Roma en marzo. Buena idea, concede Paola, lo que está por verse es si volveremos a Roma.

Roberto la mira sin hablar, Lucho baja la cabeza y después llama al mozo para pedir más tragos. ¿Te referís a Sandro?, dice Roberto cuando ve que Paola se ha perdido de nuevo en Gesualdo o en esa mosca que vuela cerca del cielorraso. No concretamente, dice Paola, pero reconocerás que ahora las cosas no son fáciles. Se le pasará, dice Lucho, es puro capricho y berrinche a la vez, Sandro no irá más lejos. Sí, admite Roberto, pero entre tanto el grupo es el que paga los platos rotos, ensayamos mal y poco y al final eso se tiene que notar. Es cierto, dice Lucho, cantamos crispados, tenemos miedo de meter la pata. Ya la metimos en Caracas, dice Paola, menos mal que la gente no conoce casi a Gesualdo, la patinada de Mario les pareció otra audacia armónica. Lo malo va a ser si en una de esas nos pasa con un Monteverdi, masculla Roberto, a ése se lo saben de memoria, che.

No dejaba de ser bastante extraordinario que la única pareja estable del conjunto fuera la de Franca y Mario. Mirando de lejos a

Mario que hablaba con Sandro frente a una partitura y dos cervezas, Paola se dijo que las alianzas efímeras, las parejas de un breve buen rato se habían dado muy poco dentro del grupo, por ahí algún fin de semana de Karen con Lucho (o de Karen con Lily, porque Karen ya se sabía y Lily a lo mejor por pura bondad o para saber cómo era eso aunque Lily también con Sandro, latitud generosa de Karen y de Lily, después de todo). Sí, había que reconocer que la única pareja estable y que merecía ese nombre era la de Franca y Mario, con anillo en el dedo y todo el resto. En cuanto a ella misma alguna vez se había concedido en Bérgamo una habitación de hotel, por si fuera poco llena de cortinados y puntillas, con Roberto en una cama que parecía un cisne, rápido interludio sin mañana, tan amigos como siempre, cosas así entre dos conciertos, casi entre dos madrigales, Karen y Lucho, Karen y Lily, Sandro y Lily. Y todos tan amigos, porque de hecho las verdaderas parejas se completaban al final de las giras, en Buenos Aires y Montevideo, allí esperaban mujeres y maridos y niños y casas y perros hasta la nueva gira, una vida de marinos con los inevitables paréntesis de marinos, nada importante, gente moderna. Hasta que. Porque ahora algo había cambiado desde. No sé pensar, pensó Paola, me salen pedazos sueltos de cosas. Estamos todos demasiado tensos, *damn it*. De golpe así, mirar de otra manera a Mario y a Sandro que discutían de música, como si por debajo imaginara otra discusión. Pero no, de eso no hablaban, justamente de eso era seguro que no hablaban. En fin, quedaba el hecho de que la única verdadera pareja era la de Mario y Franca aunque desde luego no era de eso que estaban discutiendo Mario y Sandro. Aunque a lo mejor por debajo, siempre por debajo.

Irán los tres a la playa de Ipanema, por la noche el grupo va a cantar en Río y hay que aprovechar. A Franca le gusta pasear con Lucho, tienen la misma manera de mirar las cosas como si apenas las rozaran con los dedos de los ojos, se divierten tanto. Roberto se colará a último minuto, lástima porque todo lo ve en serio y pretende auditorio, lo dejarán a la sombra leyendo el *Times* y jugarán a la pelota en la arena, nadarán y comentarán mientras Roberto se pierde en un semisueño donde vuelve a asomar Sandro, esa paulatina pérdida de contacto de Sandro con el grupo, su agazapado empecinamiento que les está haciendo tanto mal a todos. Ahora Franca lanzará la pelota blanca y roja, Lucho saltará para atraparla, se reirán como tontos a cada tiro, es difícil concentrarse en el *Times*, es difícil guardar la cohesión cuando un director musical pierde contacto como está ocurriendo con Sandro y no por culpa de Franca, no es desde luego su culpa como tampoco es culpa de Franca que ahora la pelota caiga entre las copas de los que beben cerveza bajo una sombrilla y haya que correr a disculparse. Plegando el *Times*, Roberto se acordará de su charla con Paola y Lucho en el bar; si Mario no se decide a hacer algo, si no le dice a Sandro que Franca no entrará jamás en otro juego que en el suyo, todo se va a ir al diablo, Sandro no sólo está dirigiendo mal los ensayos sino que hasta canta mal, pierde esa concentración que a su vez concentraba al grupo y le daba la unidad y el color tonal de los que tanto han hablado los críticos. Pelota al agua, carrera doble, Lucho primero, Franca tirándose de cabeza en una ola. Sí, Mario debería darse cuenta (no puede ser que no se haya dado cuenta todavía), el grupo se va a ir irremisiblemente al diablo si Mario no se decide a cortar por lo sano. ¿Pero dónde empieza lo sano, dónde hay que cortar si no ha pasado nada, si nadie puede decir que haya pasado alguna cosa?

Empiezan a sospechar, lo sé y qué voy a hacer si es como una enfermedad, si no puedo mirarla, indicarle una entrada sin que de nuevo ese dolor y esa delicia al mismo tiempo, sin que todo tiemble y resbale como arena, un viento en la escena, un río bajo mis pies. Ah, si otro de nosotros dirigiera, si Karen o Roberto dirigieran para que yo pudiera diluirme en el conjunto, simple tenor entre las otras voces, tal vez entonces, tal vez por fin. Ahí como lo ves está siempre ahora, dice Paola, ahí lo tenés soñando despierto, en mitad del más jodido de los Gesualdos, cuando hay que medir al milímetro para no irse al corno, justo entonces se te queda como en el aire, carajo. Nena, dice Lucho, las mujeres bien no dicen carajo. Pero con qué pretexto hacer el cambio, hablarle a Karen o a Roberto, sin contar que no es seguro que acepten, los dirijo desde hace tanto y eso no se cambia así nomás, técnica aparte. Anoche fue tan duro, por un momento creí que alguno me lo iba a decir en el entreacto, se ve que no pueden más. En el fondo tenés razón de putear, dice Lucho. En el fondo sí pero es idiota, dice Paola, Sandro es el más músico de todos nosotros, sin él no seríamos esto que somos. Esto que fuimos, murmura Lucho.

Hay noches ahora en que todo parece alargarse interminablemente, la antigua fiesta —un poco crispada antes de perderse en el júbilo de cada melodía— cada vez más sustituida por una mera necesidad de oficio de calzarse los guantes temblando, dice Roberto broncoso, de subir al ring previendo que te la van a dar por el coco. Delicadas imágenes, le comenta Lucho a Paola. Tiene razón, qué joder, dice Paola, para mí cantar era como hacer el amor y ahora en cambio una mala paja. Vení vos a hablar de imágenes, se ríe Roberto, pero es verdad, éramos otros, mirá, el otro día leyendo cienciaficción encontré la palabra justa: éramos un *clone*. ¿Un qué? (Paola). Yo te entiendo, suspira Lucho, es cierto, es cierto, el canto y la vida y hasta los pensamientos eran una sola cosa en ocho cuerpos. ¿Como los tres mosqueteros, pregunta Paola, todos para uno y uno para todos? Eso, m'hija, concede Roberto, pero ahora lo llaman *clone* que es más piola. Y cantábamos y vivíamos como uno solo, murmura Lucho, no este arrastrarse de ahora al ensayo y al concierto, los programas que no acaban nunca, nunquísima. Interminable miedo, dice Paola, cada vez pienso que alguno va a patinar de nuevo, lo miro a Sandro como si fuera un salvavidas y el muy cretino está ahí colgado de los ojos de Franca que para peor cada vez que puede mira a Mario. Hace bien, dice Lucho, es a él a quien tiene que mirar. Claro que hace bien pero todo se va yendo al diablo. Tan poco a poco que es casi peor, un naufragio en cámara lenta, dice Roberto.

Casi una manía, Gesualdo. Porque lo amaban, claro, y cantar sus a veces casi incantables madrigales demandaba un esfuerzo que se prolongaba en el estudio de los textos, buscando la mejor manera de aliar los poemas a la melodía como el príncipe de Venosa lo había hecho a su oscura, genial manera. Cada voz, cada acento debía hallar ese esquivo centro del que surgiría la realidad del madrigal y no una de las tantas versiones mecánicas que a veces escuchaban en discos para comparar, para aprender, para ser un poco Gesualdo, príncipe asesino, señor de la música.

Entonces estallaban las polémicas, casi siempre Roberto y Paola, Lucho más moderado pero flechando justo, cada uno su manera de sentir a Gesualdo, la dificultad de plegarse a otra versión aunque sólo se apartara mínimamente de lo deseado. Roberto había tenido razón, el *clone* se iba disgregando y cada día asomaban más los individuos con sus discrepancias, sus resistencias, al final Sandro como siempre zanjaba la cuestión, nadie discutía su manera de sentir a Gesualdo salvo Karen y a veces Mario, en los ensayos eran siempre ellos los que proponían cambios y encontraban defectos, Karen casi venenosamente contra Sandro (un viejo amor fracasado, teoría de Paola) y Mario resplandeciente de comparaciones, ejemplos y jurisprudencias musicales. Como en una modulación ascendente los conflictos duraban horas hasta la transacción o el acuerdo momentáneo. Cada madrigal de Gesualdo que agregaban al repertorio era un nuevo enfrentamiento, la recurrencia acaso de la noche en que el príncipe había desenvainado la daga mirando a los amantes desnudos y dormidos.

Lily y Roberto escuchando a Sandro y a Lucho que juegan a la inteligencia después de dos *scotchs*. Se habla de Britten y de Webern y al final siempre el de Venosa, hoy es un acento que habría que cargar más en O *voi, troppo felici* (Sandro) o dejar que la melodía fluya en toda su ambigüedad gesualdesca (Lucho). Que sí, que no, que en ésta está, ping-pong por el placer de los tiros con efecto, las réplicas aguijón. Ya verás cuando lo ensayemos (Sandro), tal vez no sea una buena prueba (Lucho), me gustaría saber por qué, y Lucho harto, abriendo la boca para decir lo que también dirían Roberto y Lily si Roberto no se cruzara misericordioso aplastando las palabras de Lucho, proponiendo otro trago y Lily sí, los otros claro, con bastante hielo.

Pero se vuelve una obsesión, una especie de *cantus firmus* en torno al cual gira la vida del grupo. Sandro es el primero en sentirlo, alguna vez ese centro era la música y en torno a ella las luces de ocho vidas, de ocho juegos, los pequeños ocho planetas del sol Monteverdi, del sol Josquin des Prés, del sol Gesualdo. Entonces Franca poco a poco ascendiendo en un cielo sonoro, sus ojos verdes atentos a las entradas, a las apenas perceptibles indicaciones rítmicas, alterando sin saberlo, dislocando sin quererlo la cohesión del *clone*, Roberto y Lily lo piensan al unísono mientras Lucho y Sandro vuelven ya calmados al problema de *O voi, troppo felici*, buscan el camino desde esa gran inteligencia que nunca falla con el tercer *scotch* de la velada.

¿Por qué la mató? Lo de siempre, le dice Roberto a Lily, la encontró en el bulín y en otros brazos, como en el tango de Rivero, ahí nomás el de Venosa los apuñaleó en persona o acaso sus sayones, antes de huir de la venganza de los hermanos de la muerta y encerrarse en castillos donde habrían de tejerse a lo largo de los años las refinadas telarañas de los madrigales. Roberto y Lily se divierten en fabricar variantes dramáticas y eróticas porque están hartos del problema de *O voi, troppo felici* que sigue su debate sabihondo en el sofá de al lado. Se siente en el aire que Sandro ha comprendido lo que Lucho iba a decirle; si los ensayos siguen siendo lo que son ahora, todo se volverá cada vez más mecánico, se pegará impecable a la partitura y al texto, será Carlo Gesualdo sin amor y sin celos, Carlo Gesualdo sin daga ni venganza, al fin y al cabo un madrigalista aplicado entre tantos otros.

—Ensayemos con vos, propondrá Sandro a la mañana siguiente. En realidad sería mejor que vos dirigieras desde ahora, Lucho.

—No sean tíos bolas, dirá Roberto.

—Eso, dirá Lily.

—Sí, ensayemos con vos a ver qué pasa, y si los otros están de acuerdo, seguís al frente.

—No, dirá Lucho que ha enrojecido y se odia por haber enrojecido.

—La cosa no es cambiar la dirección, dirá Roberto. Claro que no, dirá Lily.

—Capaz que sí, dirá Sandro, capaz que nos haría bien a todos.

—En todo caso yo no, dirá Lucho. No me veo, qué quieres. Tengo mis ideas como todo el mundo pero conozco mis incapacidades.

—Es un amor este chileno, dirá Roberto. Es, dirá Lily.

—Decidan ustedes, dirá Sandro, yo me voy a dormir.

—A lo mejor el sueño es buen consejero, dirá Roberto. Es, dirá Lily.

Lo buscó después del concierto, no que las cosas hubieran andado mal pero de nuevo esa crispación como una amenaza latente de peligro, de error, Karen y Paola cantando sin ánimo, Lily pálida, Franca sin mirarlo casi, los hombres concentrados y como ausentes a la vez; él mismo con problemas de voz, dirigiendo fríamente pero atemorizándose a medida que avanzaban en el programa, un público hondureño entusiasta que no bastaba para borrar ese mal gusto en la boca, por eso buscó a Lucho después del concierto y allí en el bar del hotel con Karen, Mario, Roberto y Lily, bebiendo casi sin hablar, esperando el sueño entre anécdotas desganadas, Karen y Mario se fueron en seguida pero Lucho no parecía querer separarse de Lily y Roberto, hubo que quedarse sin ganas, con la copa del estribo alargándose en el silencio. Al fin y al cabo es mejor que seamos de nuevo los de la otra noche, dijo Sandro echándose al agua, a vos te buscaba para repetirte lo que ya te dije. Ah, dijo Lucho, pero yo te contesto lo que ya te contesté. Roberto y Lily otra vez al quite, hay variantes posibles, che, por qué insistir solamente con Lucho. Como quieran, a mí me da igual, dijo Sandro bebiéndose el whisky de un trago, hablen entre ustedes, después de decidir me lo dicen. Mi voto es Lucho. El mío es Mario, dijo Lucho. No se trata de votar ahora, qué joder (Roberto exasperado y Lily pero claro). De acuerdo, tenemos tiempo, el próximo concierto es en Buenos Aires dentro de dos semanas. Yo me pego un salto a La Rioja para ver a la vieja (Roberto, y Lily yo tengo que comprarme una cartera). Tú me buscas para decirme esto, dijo Lucho, está muy bien pero una cosa así necesita explicaciones, aquí cada uno tiene su teoría y tú también desde luego, es hora de ponerlas sobre el tapete. En todo caso esta noche no, decretó Roberto (y Lily por supuesto, me caigo de sueño, y Sandro pálido, mirando sin verlo el vaso vacío).

«Esta vez se armó la gorda», pensó Paola después de erráticos diálogos y consultas con Karen, Roberto y algún otro, «del próximo concierto no pasamos, cuantimás que es en Buenos Aires y no sé por qué algo me trinca que allá todo el mundo va a hacer la pata ancha, al final la familia sostiene y en el peor de los casos yo me quedo a vivir con mamá y mi hermana a la espera de otra chance».

«Cada cual debe tener su idea», pensó Lucho que sin hablar demasiado había estado echando sondas para todos lados. «Cada uno se las arreglará a su manera si no hay un entendimiento *clone* como diría Roberto, pero de Buenos Aires no se pasa sin que las papas quemen, me lo dice el instinto. Esta vez fue demasiado.»

Cherchez la femme. ¿La femme? Roberto sabe que más vale buscar al marido si se trata de encontrar algo sólido y cierto, Franca se evadirá como siempre con gestos de pez ondulando en su pecera, inocentes ojeadas enormes verdes, al fin y al cabo no parece culpable de nada y entonces buscar a Mario y encontrar. Detrás del humo del cigarro Mario casi sonriente, un viejo amigo tiene todos los derechos, pero claro que es eso, empezó en Bruselas hace seis meses, Franca me lo dijo en seguida. ¿Y vos?, Roberto riojano meta facón de punta. Bah, yo, Mario el sosegado, el sabio gustador de tabacos tropicales y ojos verdes grandísimos, yo no puedo hacer nada, viejo, si está metido. «Pero ella», quisiera decir Roberto y no lo dice.

En cambio Paola sí, quién iba a atajar a Paola a la hora de la verdad. También ella buscó a Mario (habían llegado la víspera a Buenos Aires, faltaba una semana para el recital, el primer ensayo después del descanso había sido pura rutina sin ganas, Jannequin y Gesualdo casi lo mismo, un asco). Hacé algo, Mario, que sé yo pero hacé algo. Lo único que se puede es no hacer nada, dijo Mario, si Lucho se niega a dirigir no veo quién es capaz de reemplazar a Sandro. Vos, coño. Sí, pero no. Entonces hay que creer que lo hacés a propósito, gritó Paola, no solamente dejás que las cosas te resbalen delante de las narices sino que encima nos largás parados a todos. No alcés la voz, dijo Mario, te escucho muy bien, creeme.

Fue así como te lo cuento, se lo grité en plena cara y ya ves lo que me contesta el muy. Sh, nena, dice Roberto, cornudo es una fea palabra, si llegás a decirla en mis pagos armás una hecatombe. No lo quise decir, se arrepiente a medias Paola, nadie sabe si se acuestan juntos y al final qué importa que se acuesten o que se miren como si estuvieran acostados en pleno concierto, el asunto es otro. En eso sos injusta, dice Roberto, el que mira, el que se cae adentro, el que va como mariposa a la lámpara, el infecto idiota es Sandro, nadie le puede reprochar a Franca que le haya devuelto esa especie de ventosa que él le aplica cada vez que la tiene delante. Pero Mario, insiste Paola, cómo puede aguantar. Supongo que le tiene confianza, dice Roberto, y él sí está enamorado de ella sin necesidad de ventosas ni caras lánguidas. Ponele, acepta Paola, ¿pero por qué se niega a dirigirnos cuando Sandro es el primero en estar de acuerdo, cuando Lucho mismo se lo ha pedido y todos se lo hemos pedido?

Porque si la venganza es un arte, sus formas buscarán necesariamente las circunvoluciones que le vuelvan más sutilmente bella. «Es curioso», piensa Mario, «que alguien capaz de concebir el universo sonoro que surgía de los madrigales se vengara tan crudamente, tan a lo taita barato, cuando le estaba dado tejer la telaraña perfecta, ver caer las presas, desangrarlas paulatinamente, madrigalizar una tortura de semanas o de meses.» Mira a Paola que trabaja y repite un pasaje de *Poichè l'avida sete*, le sonríe amistosamente. Sabe muy bien por qué Paola ha vuelto a hablar de Gesualdo, por qué casi todos ellos lo miran cuando se habla de Gesualdo y bajan la vista y cambian de tema. *Sete*, le dice, no marques tanto *sete*, Paolita, la sed se la siente con más fuerza si dices suavemente la palabra. No te olvides de la época, de esa manera de decir callando tantas cosas, y hasta de hacerlas.

Los vieron salir juntos del hotel, Mario llevaba a Franca del brazo, Lucho y Roberto desde el bar podían seguir su lento alejarse abrazados, la mano de Franca ciñendo la cintura de Mario que volvía un poco la cabeza para hablarle. Subieron a un taxi, el tráfico del centro los metió en su lenta serpiente.

—No entiendo, viejo —le dijo Roberto a Lucho—, te juro que no entiendo nada.

—A quién se lo dices, compañero.

—Nunca estuvo más claro que esta mañana, todo saltaba a la vista porque de vista se trata, ese inútil disimulo de Sandro que se acuerda tarde de disimular el muy imbécil, y ella todo lo contrario, por primera vez cantando para él y solamente para él.

—Karen me lo hizo notar, tienes razón, esta vez ella lo miraba a él, era ella que lo quemaba con los ojos y vaya si esos ojos pueden si quieren.

—Con lo cual ya ves —dijo Roberto—, por un lado el peor desajuste que hemos tenido desde que empezamos, y a seis horas del concierto y qué concierto, acá no perdonan, lo sabés. Eso por un lado, que es la evidencia misma de que la cosa está hecha, es algo que lo sentís con la sangre o con la próstata, a mí eso no se me ha escapado nunca.

—Casi las palabras de Karen y de Paola aparte de la próstata —dijo Lucho—. Yo debo ser menos sexy que ustedes, pero esta vez también para mí resulta transparente.

—Y por el otro lado ahí lo tenés a Mario tan contento yéndose con ella de compras o de copetines, el matrimonio perfecto.

—Ya no puede ser que él no sepa.

—Y que la deje hacerle esos arrumacos de putona barata

—Vamos, Roberto.

—Ma qué carajo, chileno, por lo menos dejame desahogarme.

—Hacés bien —dijo Lucho—, nos hace falta antes del concierto.

—El concierto —dijo Roberto—. Me pregunto si.

Se miraron, era de cajón que se encogieran de hombros y sacaran los cigarrillos.

Nadie los verá pero lo mismo se sentirán incómodos al cruzarse en el lobby, Lily mirará a Sandro como si quisiera decirle algo y vacilara, se detendrá al lado de una vitrina y Sandro con un vago saludo de la mano se volverá hacia el quiosco de cigarrillos y pedirá un Camel, sentirá la mirada de Lily en la nuca, pagará y echará a andar hacia los ascensores mientras Lily se despegará de la vitrina y le pasará al lado como desde otro tiempo, desde otro efímero encuentro que ahora revive y lastima. Sandro murmurará un «qué tal», bajará los ojos mientras abre el atado de cigarrillos. Desde la puerta del ascensor la verá detenerse a la entrada del bar, volverse hacia él. Encenderá aplicadamente el cigarrillo y subirá a vestirse para el concierto, Lily irá al mostrador y pedirá un coñac, que no es bueno a esa hora como tampoco es bueno fumar dos Camel seguidos cuando hay quince madrigales esperando.

Como siempre en Buenos Aires los amigos están allí y no sólo en la platea sino buscándolos en los camarines y las bambalinas, encuentros y saludos y palmadas, por fin de vuelta, hermano, pero qué linda está Paolita, te presento a la madre de mi novio, che Roberto vos estás engordando demasiado, hola Sandro, leí las críticas de México, formidables, el rumor de la sala completa,

Mario saludando a un viejo amigo que pregunta por Franca, debe andar por ahí, la gente empezando a aquietarse en sus plateas, diez minutos todavía, Sandro haciendo un gesto sin apuro para reunirlos, Lucho zafándose de dos chilenas pegajosas con libro de autógrafos, Lily casi a la carrera, son tan adorables pero no se puede hablar con todos, Lucho junto a Roberto echando una ojeada y de golpe hablándole a Roberto, en menos de un segundo Karen y Paola a la vez dónde está Franca, el grupo en la escena pero dónde se metió Franca, Roberto a Mario y Mario qué sé yo, la dejé en el centro a las siete, Paola dónde está Franca, y Lily y Karen, Sandro mirando a Mario, ya te digo, volvía por su cuenta, debe estar al caer, cinco minutos, Sandro yendo hacia Mario con Roberto cruzándose callado, vos tenés que saber qué pasa, y Mario ya te dije que no, pálido mirando el aire, un empleado hablando con Sandro y Lucho, carreras en las bambalinas, no está, señor, no la han visto llegar, Paola tapándose la cara y doblándose como si fuera a vomitar, Karen sujetándola y Lucho por favor, Paola, contrólate, dos minutos, Roberto mirando a Mario callado y pálido como acaso callado y pálido salió Carlo Gesualdo de la alcoba, cinco de sus madrigales en el programa, aplausos impacientes y el telón siempre bajo, no está, señor, hemos mirado por todas partes, no llegó al teatro, Roberto cruzándose entre Sandro y Mario, lo has hecho vos, dónde está Franca, a gritos, el murmullo sorprendido del otro lado, el empresario temblando, yendo hacia el telón, señoras y señores, rogamos por favor un momento de paciencia, el grito histérico de Paola, Lucho forcejeando para detenerla y Karen dando la espalda, alejándose paso a paso, Sandro quebrándose en los brazos de Roberto que lo sostiene como a un pelele, que mira a Mario pálido e inmóvil, Roberto comprendiendo que ahí tenía que ser, ahí en Buenos Aires, ahí Mario, no habrá concierto, no habrá nunca más concierto, el último madrigal lo están cantando para la nada, sin Franca lo están cantando para un público que no puede oírlo, que empieza desconcertadamente a irse.

Nota sobre el tema de un rey y la venganza de un príncipe

Cuando llega el momento, escribir como al dictado me es natural; por eso de cuando en cuando me impongo reglas estrictas a manera de variante de algo que terminaría por ser monótono. En este relato la «grilla» consistió en ajustar una narración todavía inexistente al molde de la *Ofrenda Musical* de Juan Sebastián Bach.

Se sabe que el tema de esta serie de variaciones en forma de canon y fuga le fue dada a Bach por Federico el Grande, y que luego de improvisar en su presencia una fuga basada en ese tema —ingrato y espinoso—, el maestro escribió la *Ofrenda Musical* donde el tema real es tratado de una manera más diversa y compleja. Bach no indicó los instrumentos que debían emplearse, salvo en el *Trío-Sonata* para flauta, violín y clave; a lo largo del tiempo incluso el orden de las partes dependió de la voluntad de los músicos encargados de presentar la obra. En este caso me serví de la realización de Millicent Silver para ocho instrumentos contemporáneos de Bach, que permite seguir en todos sus detalles la elaboración de cada pasaje, y que fue grabado por el London Harpsichord Ensemble en el disco *Saga* XID 5237.

Elegida esta versión (o después de ser elegido por ella, ya que escuchándola me vino la idea de un relato que se plegara a su decurso) dejé pasar el tiempo; nada puede ser apurado en la escritura y el aparente olvido, la distracción, los sueños y los azares tejen imperceptiblemente su futuro tapiz. Viajé a una playa llevando la fotocopia de la tapa del disco donde Frederick Youens analiza los elementos de la *Ofrenda Musical*; vagamente imaginé un relato que en seguida me pareció demasiado intelectual. La regla del juego era amenazadora: ocho instrumentos debían ser figurados por ocho personajes, ocho dibujos sonoros respondiendo, alternando u oponiéndose debían encontrar su correlación en sentimientos, conductas y relaciones de ocho personas. Imaginar un doble literario del London Harpsichord Ensemble me pareció tonto en la medida en que un violinista o un flautista no se pliegan en su vida privada a los temas musicales que ejecutan; pero a la vez la noción de cuerpo, de conjunto, tenía que existir de alguna manera desde el principio, puesto que la poca extensión de un cuento no permitiría integrar eficazmente a ocho personas que no tuvieran relación o contacto previos a la narración. Una conversación casual me trajo el recuerdo de Carlo Gesualdo, madrigalista genial y asesino de su mujer; todo se coaguló en un segundo y los ocho instrumentos fueron vistos como los integrantes de un conjunto vocal; desde la primera frase existiría así la cohesión de un grupo, todos ellos se conocerían y amarían u odiarían *desde antes*; y además, claro, cantarían los madrigales de Gesualdo, nobleza obliga. Imaginar una acción dramática en ese contexto no era difícil; plegarla a los sucesivos movimientos de la *Ofrenda Musical* contenía el reto, quiero decir el placer que el escritor se había propuesto antes que nada.

Hubo así la cocina literaria imprescindible; la telaraña de las profundidades habría de mostrarse en su momento, como ocurre casi siempre. Para empezar, la distribución instrumental de Millicent Silver encontró su equivalencia en ocho cantantes cuyo registro vocal guardaba una relación analógica con los instrumentos. Esto dio:

Flauta: Sandro, tenor.
Violín: Lucho, tenor.
Oboe: Franca, soprano.
Corno inglés: Karen, mezzo soprano.
Viola: Paola, contralto.
Violoncello: Roberto, barítono.
Fagote: Mario, bajo.
Clave: Lily, soprano.

Vi a los personajes como latinoamericanos, con asiento principal en Buenos Aires donde ofrecerían el último recital de una larga temporada que los había llevado a diferentes países. Los vi en el inicio de una crisis todavía vaga (más para mí que para ellos), donde lo único claro era esa fisura que empezaba a operarse en la cohesión propia de un grupo de madrigalistas. Había escrito los primeros pasajes al tanteo —no los he cambiado, creo que nunca he cambiado el comienzo incierto de tantos cuentos míos, porque siento que sería la peor traición a mi escritura— cuando comprendí que no era posible ajustar el relato a la *Ofrenda Musical* sin saber en detalle qué instrumentos, es decir, qué personajes figuraban en cada pasaje hasta el fin. Entonces, con una maravilla que por suerte todavía no me ha abandonado cuando escribo, vi que el fragmento final tendría que abarcar a todos los personajes menos a uno. Y ese uno, desde las primeras páginas ya escritas, había sido la causa todavía incierta de la fisura que se estaba dando en el conjunto, en eso que otro personaje habría de calificar de *clone*. En el mismo segundo la ausencia forzosa de Franca y la historia de Carlo Gesualdo, que había subtendido todo el proceso de la imaginación, fueron la mosca y la araña en la tela. Ya podía seguir, todo estaba consumado desde antes.

Sobre la escritura en sí: Cada fragmento corresponde al orden en que se da la versión de la *Ofrenda Musical* realizada por Millicent Silver; por un lado el desarrollo de cada pasaje procura asemejarse a la forma musical (canon, trío-sonata, fuga canónica, etc.) y contiene exclusivamente a los personajes que reemplazan a los instrumentos con arreglo a la tabla *supra*. Será pues útil (útil para los curiosos, pero todo curioso suele ser útil) indicar aquí la secuencia tal como la enumera Frederick Youens, con los instrumentos escogidos por la señora Silver:

Ricercar a 3 voces: Violín, viola y violoncello.
Canon perpetuo: Flauta, viola y fagote.
Canon al unísono: Violín, oboe y violoncello.
Canon en movimiento contrario: Flauta, violín y viola.
Canon en aumento y movimiento contrario: Violín, viola y violoncello.
Canon en modulación ascendente: Flauta, corno inglés, fagote, violín, viola y violoncello.
Trio-Sonata: Flauta, violín y continuo (violoncello y clave).

1) Largo
2) Allegro
3) Andante
4) Allegro

Canon perpetuo: Flauta, violín y continuo.
Canon «cangrejo»: Violín y viola.
Canon «enigma»:

a) Fagote y violoncello
b) Viola y fagote
c) Viola y violoncello
d) Viola y fagote

Canon a 4 voces: Violín, oboe, violoncello y fagote.
Fuga canónica: Flauta y clave.
Ricercar a 6 voces: Flauta, corno inglés, fagote, violín, viola y violoncello, con continuo de clave.

(En el fragmento final anunciado como «a 6 voces», el continuo de clave agrega el séptimo ejecutante.)

Como esta nota es ya casi tan extensa como el relato, no tengo escrúpulos para alargarla otro poco. Mi ignorancia en materia de conjuntos vocales es total, y los profesionales del género encontrarán aquí amplio motivo de regocijo. De hecho, casi todo lo que conozco sobre música y músicas me viene de la tapa de los discos, que leo con sumo cuidado y provecho. Esto vale también para las referencias a Gesualdo, cuyos madrigales me acompañan desde hace mucho tiempo. Que mató a su mujer es seguro; lo demás, otros posibles acordes con mi texto, habría que preguntárselo a Mario.

GRAFFITI

A ANTONI TÀPIES

Tantas cosas que empiezan y acaso acaban como un juego, supongo que te hizo gracia encontrar el dibujo al lado del tuyo, lo atribuiste a una casualidad o a un capricho y sólo la segunda vez te diste cuenta de que era intencionado y entonces lo miraste despacio, incluso volviste más tarde para mirarlo de nuevo, tomando las precauciones de siempre: la calle en su momento más solitario, ningún carro celular en las esquinas próximas, acercarse con indiferencia y nunca mirar los *graffiti* de frente sino desde la otra acera o en diagonal, fingiendo interés por la vidriera de al lado, yéndote en seguida.

Tu propio juego había empezado por aburrimiento, no era en verdad una protesta contra el estado de cosas en la ciudad, el toque de queda, la prohibición amenazante de pegar carteles o escribir en los muros. Simplemente te divertía hacer dibujos con tizas de colores (no te gustaba el término *graffiti*, tan de crítico de arte) y de cuando en cuando venir a verlos y hasta con un poco de suerte asistir a la llegada del camión municipal y a los insultos inútiles de los empleados mientras borraban los dibujos. Poco les importaba que no fueran dibujos políticos, la prohibición abarcaba cualquier cosa, y si algún niño se hubiera atrevido a dibujar una casa o un perro, lo mismo los hubieran borrado entre palabrotas y amenazas. En la ciudad ya no se sabía demasiado de qué lado estaba verdaderamente el miedo; quizá por eso te divertía dominar el tuyo y cada tanto elegir el lugar y la hora propicios para hacer un dibujo.

Nunca habías corrido peligro porque sabías elegir bien, y en el tiempo que transcurría hasta que llegaban los camiones de limpieza se abría para vos algo como un espacio más limpio donde casi cabía la esperanza. Mirando desde lejos tu dibujo podías ver a la gente que le echaba una ojeada al pasar, nadie se detenía por supuesto pero nadie dejaba de mirar el dibujo, a veces una rápida composición abstracta en dos colores, un perfil de pájaro o dos figuras enlazadas. Una sola vez escribiste una frase, con tiza negra: *A mí también me duele.* No duró dos horas, y esta vez la policía en persona la hizo desaparecer. Después solamente seguiste haciendo dibujos.

Cuando el otro apareció al lado del tuyo casi tuviste miedo, de golpe el peligro se volvía doble, alguien se animaba como vos a divertirse al borde de la cárcel o algo peor, y ese alguien por si fuera poco era una mujer. Vos mismo no podías probártelo, había algo diferente y mejor que las pruebas más rotundas: un trazo, una predilección por las tizas cálidas, un aura. A lo mejor como andabas solo te lo imaginaste por compensación; la admiraste, tuviste miedo por ella, esperaste que fuera la única vez, casi te delataste cuando ella volvió a dibujar al lado de otro dibujo tuyo, unas ganas de reír, de quedarte ahí delante como si los policías fueran ciegos o idiotas.

Empezó un tiempo diferente, más sigiloso, más bello y amenazante a la vez. Descuidando tu empleo salías en cualquier momento con la esperanza de sorprenderla, elegiste para tus dibujos esas calles que podías recorrer en un solo rápido itinerario; volviste al alba, al anochecer, a las tres de la mañana. Fue un tiempo de contradicción insoportable, la decepción de encontrar un nuevo dibujo de ella junto a alguno de los tuyos y la calle vacía, y la de no encontrar nada y sentir la calle aún más vacía. Una noche viste su primer dibujo solo; lo había hecho con tizas rojas y azules en una puerta de garage, aprovechando la textura de las maderas carcomidas y las cabezas de los clavos. Era más que nunca ella, el trazo, los colores, pero además sentiste que ese dibujo valía como un pedido o una interrogación, una manera de llamarte. Volviste al alba, después que las patrullas ralearon en su sordo drenaje, y en el resto de la puerta dibujaste un rápido paisaje con velas y tajamares; de no mirarlo bien se hubiera dicho un juego de líneas al azar, pero ella sabría mirarlo. Esa noche escapaste por poco a una pareja de policías, en tu departamento bebiste ginebra tras ginebra y le hablaste, le dijiste todo lo que te venía a la boca como otro dibujo sonoro, otro puerto con velas, la imaginaste morena y silenciosa, le elegiste labios y senos, la quisiste un poco.

Casi en seguida se te ocurrió que ella buscaría una respuesta, que volvería a su dibujo como vos volvías ahora a los tuyos, y aunque el peligro era cada vez mayor después de los atentados en el mercado te atreviste a acercarte al garage, a rondar la manzana, a tomar interminables cervezas en el café de la esquina. Era absurdo porque ella no se detendría después de ver tu dibujo, cualquiera de las muchas mujeres que iban y venían podía ser ella. Al amanecer del segundo día elegiste un paredón gris y dibujaste un triángulo blanco rodeado de manchas como hojas de roble; desde el mismo café de la esquina podías ver el paredón (ya habían limpiado la puerta del garage y una patrulla volvía y volvía rabiosa), al anochecer te alejaste un poco pero eligiendo diferentes puntos de mira, desplazándote de un sitio a otro, comprando mínimas cosas en las tiendas para no llamar demasiado la atención. Ya era noche cerrada cuando oíste la sirena y los proyectores te barrieron los ojos. Había un confuso amontonamiento junto al paredón, corriste contra toda sensatez y sólo te ayudó el azar de un auto dando la vuelta a la esquina y frenando al ver el carro celular, su bulto te protegió y viste la lucha, un pelo negro tironeado por manos enguantadas, los puntapiés y los alaridos, la visión entrecortada de unos pantalones azules antes de que la tiraran en el carro y se la llevaran.

Mucho después (era horrible temblar así, era horrible pensar que eso pasaba por culpa de tu dibujo en el paredón gris) te mezclaste con otras gentes y alcanzaste a ver un esbozo en azul, los trazos de ese naranja que era como su nombre o su boca, ella ahí en ese dibujo truncado que los policías habían borroneado antes de llevársela; quedaba lo bastante para comprender que había querido responder a tu triángulo con otra figura, un círculo o acaso una espiral, una forma llena y hermosa, algo como un sí o un siempre o un ahora.

Lo sabías muy bien, te sobraría tiempo para imaginar los detalles de lo que estaría sucediendo en el cuartel central; en la ciudad todo eso rezumaba poco a poco, la gente estaba al tanto del destino de los prisioneros, y si a veces volvían a ver a uno que otro, hubieran preferido no verlos y que al igual que la mayoría se perdieran en ese silencio que nadie se atrevía a quebrar. Lo sabías de sobra, esa noche la ginebra no te ayudaría más que a morderte las manos, a pisotear las tizas de colores antes de perderte en la borrachera y el llanto.

Sí, pero los días pasaban y ya no sabías vivir de otra manera. Volviste a abandonar tu trabajo para dar vueltas por las calles, mirar fugitivamente las paredes y las puertas donde ella y vos habían dibujado. Todo limpio, todo claro; nada, ni siquiera una flor dibujada por la inocencia de un colegial que roba una tiza en la clase y no resiste al placer de usarla. Tampoco vos pudiste resistir, y un mes después te levantaste al amanecer y volviste a la calle del garage. No había patrullas, las paredes estaban perfectamente limpias; un gato te miró cauteloso desde un portal cuando sacaste las tizas y en el mismo lugar, allí donde ella había dejado su dibujo, llenaste las maderas con un grito verde, una roja llamarada de reconocimiento y de amor, envolviste tu dibujo con un óvalo que era también tu boca y la suya y la esperanza. Los pasos en la esquina te lanzaron a una carrera afelpada, al refugio de una pila de cajones vacíos; un borracho vacilante se acercó canturreando, quiso patear al gato y cayó boca abajo a los pies del dibujo. Te fuiste lentamente, ya seguro, y con el primer sol dormiste como no habías dormido en mucho tiempo.

Esa misma mañana miraste desde lejos: no lo habían borrado todavía. Volviste a mediodía: casi inconcebiblemente seguía ahí. La agitación en los suburbios (habías escuchado los noticiosos) alejaba a las patrullas urbanas de su rutina; al anochecer volviste a verlo como tanta gente lo había visto a lo largo del día. Esperaste hasta las tres de la mañana para regresar, la calle estaba vacía y negra. Desde lejos descubriste el otro dibujo, sólo vos podrías haberlo distinguido tan pequeño en lo alto y a la izquierda del tuyo. Te acercaste con algo que era sed y horror al mismo tiempo, viste el óvalo naranja y las manchas violeta de donde parecía saltar una cara tumefacta, un ojo colgando, una boca aplastada a puñetazos. Ya sé, ya sé, ¿pero qué otra cosa hubiera podido dibujarte? ¿Qué mensaje hubiera tenido sentido ahora? De alguna manera tenía que decirte adiós y a la vez pedirte que siguieras. Algo tenía que dejarte antes de volverme a mi refugio donde ya no había ningún espejo, solamente un hueco para esconderme hasta el fin en la más completa oscuridad, recordando tantas cosas y a veces, así como había imaginado tu vida, imaginando que hacías otros dibujos, que salías por la noche para hacer otros dibujos.

estaba vacío y oscuro. Desde lejos descubriste
el [illegible] dibujo, sólo que podrías [illegible]
[illegible] tan pequeño en lo alto y a la izquierda.
[illegible] tuvo que acercarte [illegible] que era [illegible]
[illegible] tiempo [illegible] el mismo [illegible]
[illegible] de manera [illegible]
[illegible] ojo colgando,
[illegible]

HISTORIAS QUE ME CUENTO

Me cuento historias cuando duermo solo, cuando la cama parece más grande de lo que es y más fría, pero también me las cuento cuando Niágara esta ahí y se duerme antes que yo, se enrolla como un caracolito y se duerme entre murmullos complacientes, casi como si también ella se estuviera contando una historia. Más de una vez quisiera despertarla para saber cómo es su historia (solamente murmura ya dormida y eso no es de ninguna manera una historia), pero Niágara vuelve siempre tan cansada del trabajo que no sería justo ni hermoso despertarla cuando acaba de dormirse y parece colmada, perdida en su caracolito perfumado y murmurante, de modo que la dejo dormir y me cuento historias, lo mismo que en los días en que ella tiene horario nocturno y yo duermo solo en esa bruscamente enorme cama.

Las historias que me cuento son cualquier cosa pero casi siempre conmigo en el papel central, una especie de Walter Mitty porteño que se imagina en situaciones anómalas o estúpidas o de un intenso dramatismo muy trabajado para que el que sigue la historia se divierta con el melodrama o la cursilería o el humor que deliberadamente le pone el que la cuenta. Porque Walter Mitty suele tener también su lado Jekyll y Hyde, desde luego la literatura anglosajona ha hecho estragos en su inconsciente y las historias le nacen casi siempre muy librescas y como armadas para una imprenta igualmente imaginaria. La sola idea de escribir las historias que me cuento antes de dormirme me parece inconcebible por la mañana, y además un hombre tiene que tener sus lujos secretos, sus callados despilfarros, cosas que otros aprovecharían hasta la última migaja. Y hay también la superstición, desde siempre me he dicho que si pusiera por escrito cualquiera de las historias que me cuento, esa historia sería la última por una razón que se me escapa pero que acaso tiene que ver con nociones de transgresión o de castigo; entonces no, imposible imaginarme esperando el sueño junto a Niágara o solo pero sin poder contarme una historia, teniendo que imbécilmente numerar corderitos o todavía peor recordar mis jornadas cotidianas tan poco recordables.

Todo depende del humor del momento porque nunca se me ocurriría elegir un cierto tipo de historia, apenas apago o apagamos la luz y entro en esa segunda y hermosa capa de negrura que me traen los párpados, la historia esta ahí, un comienzo casi siempre incitante de historia, puede ser una calle vacía con un auto que avanza desde muy lejos, o la cara de Marcelo Macías al enterarse de que lo han ascendido, cosa hasta este momento inconcebible dada su incompetencia, o simplemente una palabra o un sonido que se repiten cinco o diez veces y de los cuales empieza a salir una primera imagen de la historia. A veces me asombra que después de un episodio que podría calificar de burocrático, la noche siguiente la historia sea erótica o deportiva; sin duda soy imaginativo, aunque eso se note solamente antes de dormirme, pero un repertorio tan imprevistamente variable y rico no termina de asombrarme. Dilia, por ejemplo, por qué tenía Dilia que aparecer en esa historia y precisamente en esa historia cuando Dilia no era una mujer que de alguna manera se prestara a una historia semejante; por qué Dilia.

Pero hace mucho que he decidido no preguntarme por qué Dilia o el Transiberiano o Muhammad Alí o cualquiera de los escenarios donde se instalan las historias que me cuento. Si me acuerdo de Dilia en este momento ya fuera de la historia es por otras cosas que también estuvieron y están fuera, por algo que ya no es la historia y acaso por eso me obliga a hacer lo que no hubiera querido ni podido hacer con las historias que me cuento. En aquella historia (solo en la cama, Niágara volvería del hospital a las ocho de la mañana) corría un paisaje de montaña y una ruta que daban miedo, que obligaban a manejar con cuidado, los faros barriendo las siempre posibles trampas visuales de cada curva, solo y a medianoche en ese enorme camión de difícil manejo en un camino de cornisa. Ser camionero siempre me ha parecido un trabajo envidiable porque lo imagino como una de las más simples formas de la libertad, ir de un lado a otro en un camión que a la vez es una casa con su colchón para pasar la noche en una ruta arbolada, una lámpara para leer y latas de comida y cerveza, un transistor para escuchar jazz en un silencio perfecto, y además ese sentimiento de saberse ignorado por el resto del mundo, que nadie esté enterado de que hemos tomado esa ruta y no otra, tantas posibilidades, y pueblos y aventuras de pasaje, incluso asaltos y accidentes en los que siempre se tiene la mejor parte como cabe a Walter Mitty.

Alguna vez me he preguntado por qué camionero y no piloto de avión o capitán de transatlántico, sabiendo a la vez que responde a mi lado simple y a ras de tierra que más y más tengo que esconder de día, ser camionero es la gente que habla con los camioneros, en los lugares por donde se mueve un camionero, de manera que cuando me cuento una historia de libertad es frecuente que empiece en ese camión que recorre la pampa o un paisaje imaginario como el de ahora, los Andes o las Montañas Rocosas, en todo caso una ruta difícil en esa noche por la que yo iba subiendo cuando vi la frágil, rubia silueta de Dilia al pie de las rocas violentamente arrancadas de la nada por el haz de los faros, las paredes violáceas que volvían aún más pequeña y abandonada la imagen de Dilia haciéndome el gesto de los que piden ayuda después de haber andado tanto a pie con una mochila a la espalda.

Si ser camionero es una historia que me he contado muchas veces, no era forzoso encontrar mujeres pidiéndome que las levantara como lo estaba haciendo Dilia, aunque desde luego también las había puesto que esas historias colmaban casi siempre una fantasía en la que la noche, el camión y la soledad eran los accesorios perfectos para una breve felicidad de fin de etapa. A veces no, a veces era solamente una avalancha de la que me escapaba vaya a saber cómo, o los frenos que fallaban en el descenso para que todo terminara en un torbellino de visiones cambiantes que me obligaban a abrir los ojos y negarme a seguir, buscar el sueño o la tibia cintura de Niágara con el alivio de haber escapado a lo peor. Cuando la historia ponía a una mujer al borde de la ruta, esa mujer era siempre una desconocida, los caprichos de las historias que optaban por una muchacha pelirroja o una mulata, vistas acaso en una película o una foto de revista y olvidadas en la superficie del día hasta que la historia me las traía sin que yo las reconociera. Ver a Dilia fue entonces más que una sorpresa, casi un escándalo porque Dilia no tenía nada que hacer en esa ruta y de alguna manera estaba estropeando la historia con su gesto entre implorante y conminatorio. Dilia y Alfonso son amigos que Niágara y yo vemos de tiempo en tiempo, viven en órbitas diferentes y sólo nos acerca una fidelidad de los tiempos universitarios, la estima por temas y gustos comunes, cenar de cuando en cuando en casa de ellos o aquí, seguirlos de lejos en su vida de matrimonio con un bebé y bastante plata. Qué demonios tenía que hacer Dilia allí cuando la historia estaba sucediendo de una manera en la que cualquier muchacha imaginaria sí pero no Dilia, porque si algo estaba claro en la historia era que esa vez yo encontraría una muchacha en la ruta y de ahí sucederían algunas de las muchas cosas que pueden suceder cuando se llega a la llanura y se hace un alto después de la larga tensión del cruce; todo tan claro desde la primera imagen, la cena con otros camioneros en el bodegón del pueblo antes de la montaña, una historia ya nada original pero siempre grata por sus variantes y sus incógnitas, solamente que ahora la incógnita era diferente, era Dilia que de ninguna manera tenía sentido en esa curva de la ruta.

Puede ser que si Niágara hubiera estado ahí murmurando y resoplando dulcemente en su sueño, yo hubiera preferido no levantar a Dilia, borrarla a ella y al camión y a la historia con solamente abrir los ojos y decirle a Niágara: «Es raro, estuve por acostarme con una mujer y era Dilia», para que tal vez Niágara abriera a su vez los ojos y me besara en la mejilla tratándome de estúpido o metiendo a Freud en el baile o preguntándome si alguna vez había deseado a Dilia, para oírme decir la verdad o sea que en la perra vida, aunque entonces de nuevo Freud o algo así. Pero sintiéndome tan solo dentro de la historia, tan solo como lo que era, un camionero en pleno cruce de la sierra a medianoche, no fui capaz de pasar de largo: frené despacio, abrí la portezuela y dejé subir a Dilia que murmuró apenas un «gracias» de fatiga y somnolencia y se estiró en el asiento con su saco de viaje a los pies.

Las reglas del juego se cumplen desde el primer momento en las historias que me cuento. Dilia era Dilia pero en la historia yo era un camionero y solamente eso para Dilia, jamás se me hubiera ocurrido preguntarle qué estaba haciendo allí en plena noche o llamarla por su nombre. Pienso que en la historia lo excepcional era que esa muchacha contuviera a la persona de Dilia, su lacio pelo rubio, los ojos claros y sus piernas casi convencionalmente evocando las de un potrillito, demasiado largas para su estatura; fuera de eso la historia la trataba como a cualquier otra, sin nombre ni relación anterior, perfecto encuentro del azar. Cambiamos dos o tres frases, le pasé un cigarrillo y encendí otro, empezamos a bajar la cuesta como tiene que bajarla un camión pesado, mientras Dilia se estiraba todavía más, fumando desde un abandono y un sopor que la lavaban de tantas horas de marcha y acaso de miedo en la montaña.

Pensé que iba a dormirse en seguida y que era agradable imaginarla así hasta la planicie allá abajo, pensé que acaso hubiera sido amable invitarla a irse al fondo del camión y tirarse en una verdadera cama, pero jamás en una historia las cosas me habían permitido hacer eso porque cualquiera de las muchachas me hubiera mirado con esa expresión entre amarga y desesperada de la que imagina las intenciones inmediatas y busca casi siempre la manija de la portezuela, la fuga necesaria. Tanto en las historias como en la presumible realidad de cualquier camionero las cosas no podían pasar así, había que hablar, fumar, hacerse amigos, obtener desde todo eso la aceptación casi siempre silenciosa de un alto en un bosque o un refugio, la aquiescencia para lo que vendría luego pero que ya no era amargura ni cólera, simplemente compartir lo que ya se estaba compartiendo desde la charla, los cigarrillos y la primera botella de cerveza bebida del gollete entre dos virajes.

La dejé dormir, entonces, la historia tenía ese desarrollo que siempre me ha gustado en las historias que me cuento, la descripción minuciosa de cada cosa y de cada acto, una película lentísima para un goce que progresivamente va ascendiendo por el cuerpo y las palabras y los silencios. Todavía me pregunté por qué Dilia esa noche pero casi en seguida dejé de preguntármelo, ahora me parecía tan natural que Dilia estuviera allí entredormida a mi lado, aceptando de vez en cuando un nuevo cigarrillo o murmurando una explicación de por qué ahí en plena montaña, que la historia embrollaba hábilmente entre bostezos y frases rotas puesto que nada hubiera podido explicar que Dilia estuviera ahí en lo más perdido de esa ruta de medianoche. En algún momento dejó de hablar y me miró sonriendo, esa sonrisa de muchacha que Alfonso calificaba de compradora, y yo le di mi nombre de camionero, siempre Oscar en cualquiera de las historias, y ella dijo Dilia y agregó como agregaba siempre que era un nombre idiota por culpa de una tía lectora de novelas rosa, y casi increíblemente pensé que no me reconocía, que en la historia yo era Oscar y que ella no me reconocía.

Después es todo eso que las historias me cuentan pero que yo no puedo contar como ellas, solamente fragmentos inciertos, ilaciones acaso falsas, el farol alumbrando la mesita plegadiza en el fondo del camión estacionado entre los árboles de un refugio, el chirrido de los huevos fritos, después del queso y el dulce Dilia mirándome como si fuera a decir algo y decidiendo que no diría nada, que no era necesario explicar nada para bajarse del camión y desaparecer bajo los árboles, yo facilitándole las cosas con el café ya casi listo y hasta una tacita de grapa, los ojos de Dilia que se iban cerrando entre trago y frase, mi descuidada manera de llevar la lámpara hasta el taburete al lado del colchón, agregar una cobija por si más tarde el frío, decirle que me iba adelante a cerrar bien las portezuelas por las dudas, nunca se sabía en esos tramos desiertos y ella bajando los ojos y diciendo sabés, no te vayas a quedar allí a dormir en los asientos, sería idiota, y yo dándole la espalda para que no me viera la cara donde a lo mejor había un vago asombro por lo que me estaba diciendo Dilia aunque desde luego siempre sucedía así de una u otra manera, a veces la indiecita hablaba de dormir en el suelo o la gitana se refugiaba en la cabina y había que tomarla por la cintura y derivarla hacia adentro, llevarla a la cama aunque llorara o se debatiera, pero Dilia no, Dilia lentamente yendo de la mesa hacia la cama con una mano buscando ya el cierre de los jeans, esos gestos que yo podía ver en la historia aunque estuviera de espaldas y entrando en la cabina para darle tiempo, para decirme que sí, que todo sería como tenía que ser una vez más, una secuencia ininterrumpida y perfumada, el lentísimo traveling desde la silueta inmóvil bajo los faros en el viraje de la montaña hasta Dilia ahora casi invisible bajo las cobijas de lana, y entonces el corte de siempre, apagar la lámpara para que solamente quedara la vaga ceniza de la noche entrando por la mirilla trasera con una que otra queja de pájaro cercano.

Esa vez la historia duró interminablemente porque ni Dilia ni yo queríamos que terminara, hay historias que yo quisiera prolongar pero la chica japonesa o la fría condescendiente turista noruega no la dejan seguir, y a pesar de que soy yo quien decide en la historia llega un momento en que ya no tengo fuerzas y ni siquiera ganas de hacer durar algo que después del placer empieza a resbalar a la insignificancia, ahí donde habría que inventar alternativas o inesperados incidentes para que la historia siguiera viva en vez de irme llevando al sueño con un último beso distraído o un resto de llanto casi inútil. Pero Dilia no quería que la historia terminara, desde su primer gesto cuando resbalé junto a ella y en vez de lo esperable la sentí buscándome, desde la primera doble caricia supe que la historia no había hecho más que empezar, que la noche de la historia sería tan larga como la noche en la que yo me estaba contando la historia. Solamente que ahora no queda más que esto, palabras hablando de la historia; palabras como fósforos, gemidos, cigarrillos, risas, súplicas y demandas, café al amanecer y un sueño de aguas pesadas, de relentes y retornos y abandonos, con una primera lengua tímida de sol viniendo desde la mirilla a lamer la espalda de Dilia tirada sobre mí, a cegarme mientras la apretaba para sentirla abrirse una vez más entre gritos y caricias.

La historia termina ahí, sin despedidas convencionales en el primer pueblo de la ruta como hubiera sido casi inevitable, de la historia pasé al sueño sin otra cosa que el peso del cuerpo de Dilia durmiéndose a su vez sobre mí después de un último murmullo, cuando desperté Niágara me hablaba de desayuno y de un compromiso que teníamos por la tarde. Sé que estuve a punto de contarle y que algo me tiró hacia atrás, algo que acaso era todavía la mano de Dilia volviéndome a la noche y prohibiéndome palabras que todo lo hubieran manchado. Sí, había dormido muy bien; claro, a las seis nos encontraríamos en la esquina de la plaza para ir a ver a los Marini.

En esos días supimos por Alfonso que la madre de Dilia estaba muy enferma y que Dilia viajaba a Necochea para acompañarla, Alfonso tenía que ocuparse del bebé que le daba mucho trabajo, a ver si los visitábamos cuando volviera Dilia. La enferma murió unos días después y Dilia no quiso ver a nadie hasta dos meses más tarde; fuimos a cenar llevándoles coñac y un sonajero para el bebé y todo ya estaba bien, Dilia al término de un pato a la naranja y Alfonso con la mesa preparada para jugar canasta. La cena resbaló amablemente como debía ser porque Alfonso y Dilia son gente que sabe vivir y empezaron por hablar de lo más penoso, agotar rápido el tema de la madre de Dilia, después fue como tender suavemente un telón para volver al presente inmediato, nuestros juegos de siempre, las claves y los códigos del humor con los que se hacía tan agradable pasar la noche. Ya era tarde y coñac cuando Dilia aludió a un viaje a San Juan, la necesidad de olvidar los últimos días de su madre y los problemas con esos parientes que todo lo complican. Me pareció que hablaba para Alfonso, aunque Alfonso ya debía conocer la anécdota porque se sonreía amablemente mientras nos servía otro coñac, el desperfecto del auto en plena sierra, la noche vacía y una interminable espera al borde de la ruta en la que cada pájaro nocturno era una amenaza, retorno inevitable de tanto fantasma de infancia, luces de un camión, el miedo de que el camionero tuviese miedo y pasara de largo, el enceguecimiento de los faros clavándola contra el acantilado, entonces, el maravilloso chirrido de los frenos, la cabina tibia, el descenso entre diálogos innecesarios pero que ayudaban a sentirse mejor.

—Se ha quedado traumatizada —dijo Alfonso—. Ya me lo contaste, querida, cada vez conozco más detalles de ese rescate, de tu San Jorge de overol salvándote del malvado dragón de la noche.

—No es fácil olvidarlo —dijo Dilia—, es algo que vuelve y vuelve, no sé por qué.

Ella quizá no, Dilia quizá no sabía por qué pero yo sí, había tenido que beber el coñac de un sorbo y servirme de nuevo mientras Alfonso alzaba las cejas, sorprendido por una brusquedad que no me conocía. Sus bromas en cambio eran más que previsibles, decirle a Dilia que se decidiera alguna vez a terminar el cuento, conocía de sobra la primera parte pero seguro que había tenido una segunda, era tan de cajón, tan de camión en la noche, tan de todo lo que es tan en esta vida.

Me fui al baño y me quedé un rato tratando de no mirarme en el espejo, de no encontrar también allí y horriblemente eso que yo había sido mientras me contaba la historia y que sentía ahora de nuevo pero aquí, ahora esta noche, eso que empezaba lentamente a ganar mi cuerpo, eso que jamás hubiera imaginado posible a lo largo de tantos años de Dilia y Alfonso, de nuestra doble pareja amiga de fiestas y cines y besos en las mejillas. Ahora era lo otro, era Dilia después, de nuevo el deseo pero de este lado, la voz de Dilia llegándome desde el salón, las risas de Dilia y de Niágara que debían estar tomándole el pelo a Alfonso por sus celos estereotipados. Ya era tarde, bebimos todavía coñac y nos hicimos un último café, desde arriba llegó el llanto del bebé y Dilia subió corriendo, lo trajo en brazos, se ha mojado todo el muy cochino, lo voy a cambiar en el baño, Alfonso encantado porque eso le daba media hora más para discutir con Niágara de las posibilidades de Vilas frente a Borg, otro coñac, piba, total ya estamos todos bien curados.

Yo no, me fui al baño para acompañarla a Dilia que había puesto a su hijo sobre una mesita y buscaba cosas en un placard. Y era como si de algún modo ella supiera cuando le dije Dilia, yo conozco esa segunda parte, cuando le dije ya sé que no puede ser pero ya ves, la conozco, y Dilia me volvió la espalda para empezar a desvestir al bebé y la vi inclinarse no solamente para soltarle los alfileres de gancho y quitarle el pañal sino como si de golpe la agobiara un peso del que tenía que librarse, del que ya estaba librándose cuando se volvió mirándome en los ojos y me dijo sí, es cierto, es idiota y no tiene ninguna importancia pero es cierto, me acosté con el camionero, decíselo a Alfonso si querés, de todas maneras él está convencido a su manera, no lo cree pero está tan seguro.

Era así, ni yo diría nada ni ella comprendería por qué me estaba diciendo eso, por qué a mí que no le había preguntado nada y en cambio le había dicho eso que ella no podía comprender de este lado de la historia. Sentí mis ojos como dedos bajando por su boca, su cuello, buscando los senos que la blusa negra dibujaba como mis manos los habían dibujado toda esa noche, toda esa historia. El deseo era un salto agazapado, un absoluto derecho a acercarme a buscarle los senos bajo la blusa y envolverla en el primer abrazo. La vi girar, inclinarse otra vez pero ahora liviana, liberada del silencio; ágilmente retiró los pañales, el olor de un bebé que se ha hecho pis y caca me llegó junto con los murmullos de Dilia calmándolo para que no llorara, vi sus manos que buscaban el algodón y lo metían entre las piernas levantadas del bebé, vi sus manos limpiando al bebé en vez de venir a mí como habían venido en la oscuridad de ese camión que tantas veces me ha servido en las historias que me cuento.

ANILLO DE MOEBIUS

Imposible explicarlo. Se iba apartando de aquella zona donde las cosas tienen forma fija y aristas, donde todo tiene un nombre sólido e inmutable. Cada vez ahondaba más en la región líquida, quieta e insondable donde se detenían nieblas vagas y frescas como las de la madrugada.

CLARICE LISPECTOR, *Cerca del corazón oscuro*

In memoriam J. M. y R. A.

Por qué no, acaso bastaría proponérselo como ella habría de hacerlo más tarde ahincadamente, y se la vería, se la sentiría con la misma claridad que ella se veía y se sentía pedaleando bosque adentro en la mañana aún fresca, siguiendo senderos envueltos en la penumbra de los helechos, en algún lugar de Dordoña que los diarios y la radio llenarían más tarde de una efímera celebridad infame hasta el rápido olvido, el silencio vegetal de esa medialuz perpetua por donde Janet pasaba como una mancha rubia, un tintineo de metal (su cantimplora mal sujeta contra el crucero de aluminio), el pelo largo ofrecido al aire que su cuerpo rompía y alteraba, liviano mascarón de proa hundiendo los pies en el blando ceder alternado de los pedales, recibiendo en la blusa la mano de la brisa apretándole los senos, doble caricia dentro del doble desfile de troncos y de helechos en un verde translúcido de túnel, un olor de hongos y cortezas y musgos, las vacaciones.

> Y también el otro bosque aunque fuera el mismo bosque pero no para Robert rechazado en las granjas, sucio de una noche boca abajo contra un mal colchón de hojas secas, frotándose la cara contra un rayo de sol filtrado por los cedros, preguntándose vagamente si valía la pena quedarse en la región o entrar en las planicies donde acaso lo esperaba un jarro de leche y un poco de trabajo antes de volver a los grandes caminos o perderse de nuevo en bosques sin nombre, el mismo bosque siempre con hambre y esa inútil cólera que le torcía la boca.

En la estrecha encrucijada Janet frenó indecisa, derecha o izquierda o todavía adelante, todo igualmente verde y fresco, ofrecido como dedos de una gran mano terrosa. Había salido del albergue para jóvenes al despuntar el día porque el dormitorio estaba lleno de alientos pesados, de fragmentos de pesadillas ajenas, de olor a gente poco bañada, los alegres grupos que habían tostado maíz y cantado hasta medianoche antes de tirarse vestidos sobre los catres de tela, las chicas de un lado y los muchachos más lejos, vagamente ofendidos por tanto reglamento idiota, ya medio dormidos en mitad de los irónicos inútiles comentarios. En pleno campo antes del bosque había bebido la leche de la cantimplora, jamás volver a encontrarse de mañana con la gente de la noche, también ella tenía su reglamento idiota, recorrer Francia mientras duraran el dinero y el tiempo, sacar fotos, llenar su cuaderno de tapas naranja, diecinueve años ingleses con ya muchos cuadernos y millas pedaleando, la predilección por los grandes espacios, los ojos debidamente azules y el rubio pelo suelto, grande y atlética y profesora de jardín de infantes felizmente dispersos en playas y aldeas de la patria felizmente lejana. A la izquierda, quizá, había una leve pendiente en la penumbra, dejarse ir después de un simple golpe de pedal. Empezaba a hacer calor, la silla de la bicicleta la recibía pesadamente, con una primera humedad que más tarde la obligaría a bajarse, a despegar el slip de la piel y a alzar los brazos para que el aire fresco se paseara bajo la blusa. Eran apenas las diez, el bosque se anunciaba lento y profundo; tal vez antes de llegar a la ruta del lado opuesto fuera bueno instalarse al pie de un roble y comer los sándwiches, escuchando la radio de bolsillo o agregando una jornada más a su diario de viaje interrumpido muchas veces por inicios de poemas y pensamientos no siempre felices que el lápiz escribía y después tachaba con pudor, con trabajo.

No era fácil verlo desde la senda. Sin saberlo había dormido a veinte metros de un hangar abandonado, y ahora le pareció estúpido haber dormido sobre el suelo húmedo cuando detrás de las planchas de pino llenas de agujeros se veía un piso de paja seca bajo el techo casi intacto. Ya no tenía sueño y era una lástima; miró inmóvil el hangar y no le sorprendió que la ciclista llegara por el sendero y frenara, ella sí como desconcertada, frente a la construcción asomando entre los árboles. Antes de que Janet lo viera él ya sabía todo, todo de ella y de él en una sola marea sin palabras, desde una inmovilidad que era como un futuro agazapado. Ahora ella volvía la cabeza, la bicicleta inclinada y un pie en tierra, y encontraba sus ojos. Los dos parpadearon a la vez.

Sólo se podía hacer una cosa en esos casos poco frecuentes pero siempre probables, decir *bon jour* y partir sin excesivo apuro. Janet dijo *bon jour* y empujó la bicicleta para dar media vuelta; su pie se desprendía del suelo para dar el primer golpe de pedal cuando Robert le cortó el paso y sujetó el manubrio con una mano de uñas negras. Todo era clarísimo y confuso a la vez, la bicicleta volcándose y el primer grito de pánico y protesta, los pies buscando un inútil apoyo en el aire, la fuerza de los brazos que la ceñían, el paso casi a la carrera entre las tablas rotas del hangar, un olor a la vez joven y salvaje de cuero y sudor, una barba oscura de tres días, una boca quemándole la garganta.

Nunca quiso hacerle daño, nunca había dañado para poseer lo poco que le había sido dado en los previsibles reformatorios, solamente era así, veinticinco años y así, todo a la vez lento como cuando tenía que escribir su nombre, Robert letra por letra, después el apellido todavía más lento, y rápido como el gesto que a veces le valía una botella de leche o un pantalón puesto a secar en el césped de un jardín, todo podía ser lento e instantáneo a la vez, una decisión seguida de un deseo de que todo durara mucho, que esa chica no se debatiera absurdamente puesto que él no quería hacerle daño, que comprendiera la imposibilidad de escaparse o de ser socorrida y se sometiera quietamente, ni siquiera sometiéndose, dejándose ir como él se dejaba ir tendiéndola sobre la paja y gritándole al oído que se callara, que no fuera idiota, que esperara mientras él buscaba botones y broches sin encontrar más que convulsiones de resistencia, ráfagas de palabras en otro idioma, gritos, gritos que alguien terminaría por escuchar.

No había sido exactamente así, había el horror y la revulsión frente al ataque de la bestia, Janet había luchado por zafarse y huir a la carrera y ahora ya no era posible y el horror no venía totalmente de la bestia barbuda porque no era una bestia, su manera de hablarle al oído y sujetarla sin hundirle las manos en la piel, sus besos que caían sobre su cara y su cuello con picor de barba crecida pero besos, la revulsión venía de someterse a ese hombre que no era una bestia hirsuta pero un hombre, la revulsión de alguna manera la había acechado desde siempre, desde su primera sangre una tarde en la escuela, mistress Murphy y sus advertencias a la clase con acento de Cornualles, las noticias de policía en los diarios siempre comentadas en secreto en el pensionado, las lecturas aconsejadas por mistress Murphy habían insinuado rosadamente con o sin Mendelssohn y lluvia de arroz, los comentarios clandestinos sobre el episodio de la primera noche en *Fanny Hill*, el largo silencio de su mejor amiga al retorno de sus bodas y después el brusco llanto pegada contra ella, fue horrible, fue horrible, Janet, aunque más tarde la felicidad del primer hijo, la vaga evocación una tarde de paseo juntas, hice mal en exagerar tanto, Janet, un día verás, pero ya demasiado tarde, la idea fija, fue tan horrible, Janet, otro cumpleaños, la bicicleta y el plan de viajar sola hasta que tal vez, tal vez poco a poco, diecinueve años y el segundo viaje de vacaciones a Francia, Dordoña en agosto.

Alguien terminaría por escuchar, se lo gritó cara contra cara aunque ya sabía que ella era incapaz de comprender, lo miraba desorbitadamente y suplicaba algo en otro idioma, luchando por zafar las piernas, por enderezarse, durante un momento le pareció que quería decirle algo que no era solamente gritos o súplicas o insultos en su lengua, le desabrochó la blusa buscando ciegamente los cierres más abajo, fijándola al colchón de paja con todo su cuerpo cruzado sobre el de ella, pidiéndole que no gritara más, que ya no era posible que siguiera gritando, alguien iba a venir, déjame, no grites más, déjame de una vez, por favor, no grites.

Cómo no luchar si él no comprendía, si las palabras que hubiera querido decirle en su idioma brotaban en pedazos, se mezclaban con sus balbuceos y sus besos y él no podía comprender que no se trataba de eso, que por horrible que fuera lo que estaba tratando de hacerle, lo que iba a hacerle, no era eso, cómo explicarle que hasta entonces nunca, que *Fanny Hill*, que por lo menos esperara, que en su maleta había crema facial, que así no podría ser, no podría ser sin eso que había visto en los ojos de su amiga, la náusea de algo insoportable, fue horrible, Janet fue tan horrible. Sintió ceder la falda, la mano que corría bajo el slip y lo arrancaba, se contrajo con un último estallido de angustia y luchó por explicar, por detenerlo al borde para que eso fuera diferente, lo sintió contra ella y la embestida entre los muslos entornados, un dolor punzante que crecía hasta el rojo y el fuego, aulló de horror más que de sufrimiento como si eso no pudiera ser todo y solamente el inicio de la tortura, sintió sus manos en su cara tapándole la boca y resbalando hacia abajo, la segunda embestida contra la que ya no se podía luchar, contra la que ya no había gritos ni aire ni lágrimas.

Sumido en ella en un brusco término de lucha, acogido sin que continuara esa desesperada resistencia que había tenido que abatir empalándola una y otra vez hasta llegar a lo más hondo y sentir toda su piel contra la suya, el goce vino como un látigo y se anegó en un balbuceo agradecido, en un ciego abrazo interminable. Apartando la cara del hueco del hombro de Janet, le buscó los ojos para decírselo, para agradecerle que al final hubiera callado; no podía sospechar otras razones para esa resistencia salvaje, ese debatirse que lo había obligado a forzarla sin lástima, pero ahora tampoco comprendía bien la entrega, el brusco silencio. Janet lo estaba mirando, una de sus piernas había resbalado lentamente hacia afuera. Robert empezó a apartarse, a salir de ella, mirándola en los ojos. Comprendió que Janet no lo veía.

Ni lágrimas ni aire, el aire había faltado de golpe, desde el fondo del cráneo una ola roja le había tapado los ojos, ya no tenía cuerpo, lo último había sido el dolor una y otra vez y entonces en mitad del alarido el aire había faltado de golpe, expirado sin volver a entrar, sustituido por el velo rojo como párpados de sangre, un silencio pegajoso, algo que duraba sin ser, algo que era de otro modo donde todo seguía estando pero de otro modo, más acá de los sentidos y del recuerdo.

No lo veía, los ojos dilatados le pasaban a través de la cara. Arrancándose de ella se arrodilló a su lado, hablándole mientras sus manos reajustaban malamente el pantalón y buscaban la hebilla del cierre como trabajando por su cuenta, alisando la camisa y metiendo los faldones bajo el cinturón. Veía la boca entreabierta y torcida, el hilo de baba rosada resbalando por el mentón, los brazos en cruz con las manos crispadas, los dedos inmóviles, el pecho inmóvil, el vientre desnudo inmóvil con sangre brillando, resbalando lentamente por los muslos entreabiertos. Cuando gritó, levantándose de un salto, creyó por un segundo que el grito venía de Janet, pero desde arriba, parado como un muñeco oscilante, veía las marcas en la garganta, el torcimiento inadmisible del cuello que ladeaba la cabeza de Janet, la volvía algo que se estaba burlando de él con un gesto de títere caído, todas las cuerdas cortadas.

De otro modo, tal vez desde el principio mismo, en todo caso ya no allí, movida a algo como una diafanidad, un medio translúcido en el que nada tenía cuerpo y donde eso que era ella no se situaba desde pensamientos u objetos, ser viento siendo Janet o Janet siendo viento o agua o espacio pero siempre claro, el silencio era luz o lo contrario o las dos cosas, el tiempo estaba iluminado y eso era ser Janet, algo sin asidero, sin una mínima sombra de recuerdo que interrumpiera y fijara ese decurso como entre cristales, burbuja dentro de una masa de plexiglás, órbita de pez transparente en un ilimitado acuario luminoso.

El hijo de un leñador encontró la bicicleta en el sendero y a través de los tablones del hangar entrevió el cuerpo boca arriba. Los gendarmes verificaron que el asesino no había tocado la maleta o el bolso de Janet.

Derivar en lo inmóvil sin antes ni después, un ahora hialino sin contacto ni referencias, un estado en el que continente y contenido no se diferenciaban, un agua fluyendo en el agua, hasta que sin transición era el ímpetu, un violento *rush* proyectándola, sacándola sin que algo pudiera aprehender el cambio, solamente el *rush* vertiginoso en lo horizontal o vertical de un espacio estremecido en su velocidad. Alguna vez se salía de lo informe para acceder a una rigurosa fijeza igualmente separada de toda referencia y sin embargo tangible, hubo esa hora en que Janet cesó de ser agua del agua o viento del viento, por primera vez sintió, se sintió encerrada y limitada, cubo de un cubo, inmóvil cubidad. En ese estado cubo fuera de lo translúcido y lo huracanado, algo como una duración se instalaba, no un antes o un después pero un ahora más tangible, un comienzo de tiempo reducido a un presente espeso y manifiesto, cubo en el tiempo. De haber podido elegir hubiera preferido el estado cubo sin saber por qué, acaso porque en los continuos cambios era la única condición donde nada cambiaba como si allí se estuviera dentro de límites dados, en la certeza de una cubidad constante, de un presente que insinuaba una presencia, casi una tangibilidad, un presente que contenía algo que acaso era tiempo, acaso un espacio inmóvil donde todo desplazamiento quedaba como trazado. Pero el estado cubo podía ceder a los otros vértigos y antes y después o durante se estaba en otro medio, se era nuevamente resbalamiento fragoroso en un océano de cristales o de rocas diáfanas, un fluir sin dirección hacia nada, una succión de tornado con torbellinos, algo como resbalar en el entero follaje de una selva, sostenida de hoja en hoja por una apesantez de baba del diablo y ahora —ahora sin antes, un ahora seco y dado ahí— acaso otra vez el estado cubo cercando y deteniendo, límites en el ahora y el ahí que de alguna manera era reposo.

El proceso se abrió en Poiters a fines de julio de 1956. Robert fue defendido por Maître Rolland; el jurado no admitió las circunstancias atenuantes derivadas de una orfandad temprana, los reformatorios y el desempleo. El acusado escuchó con un tranquilo estupor la sentencia de muerte, los aplausos de un público entre el cual se contaban no pocos turistas británicos.

Poco a poco (¿poco a poco en una condición fuera del tiempo? Maneras de decir) se iban dando otros estados que acaso ya se habían dado, aunque ya significara antes y no había antes; ahora (y tampoco ahora) imperaba un estado viento y ahora un estado reptante en el que cada ahora era penoso, la oposición total al estado viento porque sólo se daba como arrastre, un progresar hacia ninguna parte; de haber podido pensar, en Janet se hubiera abierto paso la imagen de la oruga recorriendo una hoja suspendida en el aire, pasando por sus caras y volviendo a pasar sin la menor visión ni tacto ni límite, anillo de Moebius infinito, reptación hasta el borde de una cara para ingresar o ya estar en la opuesta y volver sin cesación de cara a cara, un arrastre lentísimo y penoso ahí donde no había medida de la lentitud o del sufrimiento pero se era reptación y ser reptación era lentitud y sufrimiento. O lo otro (¿lo otro en una condición sin términos comparables?), ser fiebre, recorrer vertiginosamente algo como tubos o sistemas o circuitos, recorrer condiciones que podían ser conjuntos matemáticos o partituras musicales, saltar de punto en punto o de nota en nota, entrar y salir de circuitos de computadoras, ser conjunto o partitura o circuito recorriéndose a sí mismo y eso daba ser fiebre, daba recorrer furiosamente constelaciones instantáneas de signos o notas sin formas ni sonidos. De alguna manera era el sufrimiento, la fiebre. Ser ahora el estado cubo o ser ola contenía una diferencia, se era sin fiebre o sin reptación, el estado cubo no era la fiebre y ser fiebre no era el estado cubo o el estado ola. En el estado cubo ahora —un ahora de pronto más ahora— por primera vez (un ahora donde acababa de darse un indicio de primera vez), Janet dejó de ser el estado cubo para ser en el estado cubo, y más tarde (porque esa primera diferenciación del ahora entrañaba el sentimiento de más tarde) en el estado ola Janet dejó de ser el estado ola para ser en el estado ola. Y todo eso contenía los indicios de una temporalidad, ahora se podía reconocer una primera vez y una segunda vez, un ser en ola o ser en fiebre que se sucedían para ser seguidos por un ser en viento o ser en follaje o ser de nuevo en cubo, ser cada vez más Janet en, ser Janet en el tiempo, ser eso que no era Janet pero que pasaba del estado cubo al estado fiebre o volvía al estado oruga, porque cada vez más los estados se fijaban y establecían y de algún modo se delimitaban no solamente en tiempo sino en espacio, se pasaba de uno a otro, se pasaba de una placidez cubo a una fiebre circuito matemático o follaje de selva ecuatorial o interminables botellas cristalinas o torbellinos de maelstrom en suspensión hialina o reptación penosa sobre superficies de doble cara o poliedros facetados.

> La apelación fue rechazada y trasladaron a Robert a la Santé en espera de la ejecución. Sólo la gracia del presidente de la república podía salvarlo de la guillotina. El condenado pasaba los días jugando al dominó con los guardianes, fumando sin cesar, durmiendo pesadamente Soñaba todo el tiempo, por la mirilla de la celda los guardianes lo veían removerse en el camastro, levantar un brazo, estremecerse.

En alguno de los pasos habría de darse el primer rudimento de un recuerdo, resbalando entre las hojas o al cesar en el estado cubo para ser en la fiebre supo de algo que había sido Janet, inconexamente una memoria intentaba entrar y fijarse, una vez fue saber que era Janet, acordarse de Janet en un bosque, de la bicicleta, de Constance Myers y de unos chocolates en una bandeja de alpaca. Todo empezaba a aglomerarse en el estado cubo, se iba dibujando y definiendo confusamente, Janet y el bosque, Janet y la bicicleta, y con las ráfagas de imágenes se precisaba poco a poco un sentimiento de persona, una primera inquietud, la visión de un tejado de maderas podridas, estar boca arriba y sujeta por una fuerza convulsiva, miedo al dolor, frote de una piel que le pinchaba la boca y la cara, algo se acercaba abominable, algo luchaba por explicarse, por decirse que no era así, que eso no hubiera tenido que ser así, y al borde de lo imposible el recuerdo se detenía, una carrera en espiral acelerándose hasta la náusea la arrancaba del cubo para hundirla en ola o en fiebre, o lo contrario, la aglutinante lentitud de reptar una vez más sin otra cosa que eso, que ser en reptación, como ser en ola o vidrio era de nuevo solamente eso hasta otro cambio. Y cuando recaía en el estado cubo y volvía a un reconocimiento confuso, hangar y chocolate y rápidas visiones de campanarios y condiscípulas, lo poco que podía hacer luchaba sobre todo por durar ahí en la cubidad, por mantenerse en ese estado donde había detención y límites, donde se terminaría por pensar y reconocerse. Una y otra vez llegó a las sensaciones últimas, al picor de una piel barbuda contra su boca, a la resistencia bajo unas manos que le arrancaban la ropa antes de perderse de nuevo instantáneamente en una carrera fragorosa, hojas o nubes o gotas o huracanes o circuitos fulminantes. En el estado cubo no podía pasar del límite donde todo era horror y revulsión pero si la voluntad le hubiera sido dada esa voluntad se habría fijado ahí donde afloraba Janet sensible, donde había Janet queriendo abolir la recurrencia. En plena lucha contra el peso que la aplastaba sobre la paja del hangar, obstinándose en decir que no, que eso no tenía que pasar así entre gritos y paja podrida, resbaló una vez más al moviente estado en que todo fluía como creándose en el acto de fluir, un humo girando en su propio capullo que se abre y se enrosca en sí mismo, el ser en olas, en el trasvasarse indefinible que ya tantas veces la había mantenido en suspensión, alga o corcho o medusa. Con esa diferencia que Janet sintió venir desde algo que se parecía al despertar de un sueño sin sueños, al caer en el despertar de una mañana en Kent, ser de nuevo Janet y su cuerpo, una noción de cuerpo, de brazos y espaldas y pelo flotando en el medio hialino, en la transparencia total porque Janet no veía su cuerpo, era su cuerpo por fin de nuevo pero sin verlo, era conciencia de su cuerpo flotando entre olas o humo, sin ver su cuerpo Janet se movió, adelantó un brazo y tendió las piernas en un impulso de natación, diferenciándose por primera vez de la masa ondulante que la envolvía, nadó en agua o en humo, fue su cuerpo y gozó en cada brazada que ya no era carrera pasiva, traslación interminable. Nadó y nadó, no necesitaba verse para nadar y recibir la gracia de un movimiento voluntario, de una dirección que manos y pies imprimían a la carrera. Caer sin transición en el estado cubo fue otra vez el hangar, volver a recordar y a sufrir, otra vez hasta el límite del peso insoportable, del dolor lancinante y la marea roja tapándole la cara, se encontró del otro lado reptando con una lentitud que ahora podía medir y abominar, pasó a ser fiebre, ser *rush* de huracán, a ser de nuevo en olas y gozar de su cuerpo Janet, y cuando al término de lo indeterminado todo coaguló en el estado cubo, no fue el horror sino el deseo lo que la esperaba al otro lado del término, con imágenes y palabras en el estado cubo, con el goce de su cuerpo en el ser en olas. Comprendiendo, reunida con sí misma, invisiblemente ella Janet, deseó a Robert, deseó otra vez el hangar de otra manera, deseó a Robert que la había llevado a lo que era ahí y ahora, comprendió la insensatez bajo el hangar y deseó a Robert, y en la delicia de la natación entre cristales líquidos o estratos de nubes en la altura lo llamó, le tendió su cuerpo boca arriba, lo llamó para que consumara de verdad y en el goce la torpe consumación en la paja maloliente del hangar.

Duro es para el abogado defensor comunicar a su cliente que el recurso de gracia ha sido denegado; Maître Rolland vomitó al salir de la celda donde Robert, sentado al borde del camastro, miraba fijamente el vacío.

De la sensación pura al conocimiento, de la fluidez de las olas al cubo severo, uniéndose en algo que de nuevo era Janet, el deseo buscaba su camino, otro paso entre los pasos recurrentes. La voluntad volvía a Janet, al principio la memoria y las sensaciones se habían dado sin un eje que las modulara, ahora con el deseo la voluntad volvía a Janet, algo en ella tendía un arco como de piel y de tendones y de vísceras, la proyectaba hacia eso que no podía ser, exigiendo el acceso por dentro o por fuera de los estados que la envolvían y abandonaban vertiginosamente, su voluntad era el deseo abriéndose paso en líquidos y constelaciones fulminantes y lentísimos arrastres, era Robert en alguna parte como término, la meta que ahora se dibujaba y tenía un nombre y un tacto en el estado cubo y que después o antes en la ahora placentera natación entre olas o cristales se resolvía en clamor, en llamada acariciándola y lanzándola a sí misma. Incapaz de verse, se sentía; incapaz de pensar articuladamente, su deseo era deseo y Robert, era Robert en algún estado inalcanzable pero que la voluntad Janet buscaba forzar, un estado Robert en el que el deseo Janet, la voluntad Janet querían accededer como ahora otra vez al estado cubo, a la solidificación y delimitación en que rudimentarias operaciones mentales eran más y más posibles, jirones de palabras y recuerdos, sabor de chocolate y presión de pies en pedales cromados, violación entre convulsiones de protesta donde ahora anidaba el deseo, la voluntad de finalmente ceder entre lágrimas de goce, de aceptación agradecida, de Robert.

Su calma era tan grande, su gentileza tan extrema que lo dejaban solo de a ratos, venían a espiar por la mirilla de la puerta o a proponerle cigarrillos o una partida de dominó. Perdido en su estupor que de algún modo lo había acompañado siempre, Robert no sentía el paso del tiempo. Se dejaba afeitar, iba a la ducha con sus dos guardianes, alguna vez preguntaba por el tiempo, si estaría lloviendo en Dordoña.

Fue siendo en olas o cristales que una brazada más vehemente, un desesperado golpe de talón la lanzó a un espacio frío y encerrado, como si el mar la vomitara en una gruta de penumbra y de humo de Gitanes. Sentado en el camastro Robert miraba el aire, el cigarrillo quemándose olvidado entre los dedos. Janet no se sorprendió, la sorpresa no tenía curso ahí, ni la presencia ni la ausencia; un tabique transparente, un cubo de diamante dentro del cubo de la celda la aislaba de toda tentativa, de Robert ahí delante bajo la luz eléctrica. El arco de sí misma tendido hasta lo último no tenía cuerda ni flecha contra el cubo de diamante, la transparencia era silencio de materia infranqueable, ni una sola vez Robert había alzado los ojos para mirar en esa dirección que solamente contenía el aire espeso de la celda, las volutas del tabaco. El clamor Janet, la voluntad Janet capaz de llegar hasta ahí, de encontrar hasta ahí se estrellaba en una diferencia esencial, el deseo Janet era un tigre de espuma translúcida que cambiaba de forma, tendía blancas garras de humo hacia la ventanilla enrejada, se ahilaba y se perdía retorciéndose en su ineficacia. Lanzada en un último impulso, sabiendo que instantáneamente podía ser otra vez reptación o carrera entre follajes o granos de arena o fórmulas atómicas, el deseo Janet clamó la imagen de Robert, buscó alcanzar su cara o su pelo, llamarlo de su lado. Lo vio mirar hacia la puerta, escrutar un instante la mirilla vacía de ojos vigilantes. Con un gesto fulminante Robert sacó algo de debajo del cobertor, una vaga soga de sábana retorcida. De un salto alcanzó la ventanilla, pasó la soga. Janet aullaba llamándolo, estrellaba el silencio de su aullido contra el cubo de diamante. La investigación mostró que el reo se había ahorcado dejándose caer sobre el suelo con todas sus fuerzas. El tirón debió hacerle perder los sentidos y no se defendió de la asfixia; apenas habían pasado cuatro minutos desde la última inspección ocular de los guardianes. Ya nada, en pleno clamor la ruptura y el paso a la solidificación del estado cubo, quebrado por el ingreso Janet en el ser fiebre, recorrido en espiral de incontables alambiques, salto a una profundidad de tierra espesa donde el avance era un morder obstinado en sustancias resistentes, pegajoso ascender a niveles vagamente glaucos, paso al ser en olas, primeras brazadas como una felicidad que ahora tenía un nombre, hélice invirtiendo su giro, desesperación vuelta esperanza, poco importaban ya los pasos de un estado a otro, ser en follaje o en contrapunto sonoro, ahora el deseo Janet los provocaba, los buscaba con una flexión de puente enviándose al otro lado en un salto de metal. En alguna condición, pasando por algún estado o por todos a la vez, Robert. En algún momento ser fiebre Janet o ser en olas Janet podía ser Robert olas o fiebre o estado cubo en el ahora sin tiempo, no Robert sino cubidad o fiebre porque también a él lentamente los ahoras lo dejarían pasar a ser en fiebre o en olas, le irían dando Robert poco a poco, lo filtrarían y arrastrarían y fijarían en una simultaneidad alguna vez entrando en lo sucesivo, el deseo Janet luchando contra cada estado para sumirse en los otros donde todavía Robert no, ser una vez más en fiebre sin Robert, paralizarse en el estado cubo sin Robert, entrar blandamente en el líquido donde las primeras brazadas eran Janet entera sintiéndose y sabiéndose Janet, pero allí alguna vez Robert, allí seguramente alguna vez al término del tibio balanceo en olas cristales una mano alcanzaría la mano de Janet, sería al fin la mano de Robert.

ÍNDICE